河出文庫

しき

町屋良平

河出書房新社

もくじ

しき

春のにおい。

春の夜のにおい。

春の夜の公園のにおい。

かれがすーっと鼻をふくらませて空気を吸い込むと、かれ自身認識していないほどのわずかさで、気分が昂揚《こうよう》しはじめた。ふだんよりふかい空気がからだじゅうをめぐり、血が、筋肉が、情緒《じょうちょ》が、あたたかにわきたちはじめたからだ。

かれは家からもってきたおおきめのタブレットを操作し、あらかじめダウンロードしておいた動画をながした。

画面では男の二人組が踊《おど》っている。なめらかで、躍動感《やくどうかん》があって、ウットリするような動き。しかしかれはもうかれらの動きをみても、ことさらフレッシュさをかんじるわけではなかった。

自分のものにしたいとおもった。

この画面にうつっている動画の、粒子よりこまかく、すべらかな動きを、ものにしたいとおもった。そのためにもっともっと、つよくつよく練習しなきゃいけない。

ポップミュージックにからだをあわせて、かれは力づよく踊った。

春の夜のしたの公園では、かれいがいに数人の人間がいた。昼のうちにすませておけなかった犬の散歩をこなしにやってきた女子高生。あたたかな夜をよろこびにベンチに座り時間をわすれているホームレス。旦那《だんな》の浮気をうたがって、おもわず家をとびだした料理途中の主婦。

しかしこのひろくも狭くもない公園で、お互いはお互いを認識せず、充分な活動スペースを保ったまま、それぞれがめいめいの事情に集中していた。ホームレスがもっとも濃く春の訪《おとず》れをかんじている。しめった土からはじけるような音がきかれ、風の温度というより色あいのほうが、季節のうつろいをうったえている。もう生きたいとおもえるような理由のないホームレスは、自分の物語の添え物としてではなく純粋な「季節」をよろこんだ。

かれはそろそろびっしょりの汗をかいていた。おなじ時間踊っていても、昨日よりずいぶん多くの汗をかく。しかし外界よりむしろ自分の踊り、自分のからだのこえ、動画のなかにうつっている二人組の踊り、動画にうつっている二人組の踊ったときの感覚、におもいを馳《は》せているかれは十六歳。まだ季節のうつろいよりよほど遅れて現象がやってくる。ようするにかれは、汗だくになってしばらくしてはじめて、あ、昨日よりずいぶんあったかいんだな、ということを考える。

もうすぐ春なんだな。

その日の昼に春一番が吹いていた。

吹き荒れる風のなかでも、昼間、マーガリンの挟まっただけのパンの二個目を食べていたかれのあたまは踊りのことでいっぱいで、ずっとどうしたらもっとうまく踊れるのだろうと考えていた。パンを嚙《か》みながら、味もなにもわからないまま、ほんとうはいますぐにでもからだを動かしたかったけど、学校では恥しい。友だちもいる。だから、あたまのなかの自分をかれは動かしていた。そうやって、イメージトレーニングすることもだいじなんだ、実際にからだを動かすよりよほどだいじなんだ、とかれはきょうはじめて実感した。校庭をのぞむ体育館前の石段にすわり、友だちと三人、関係のない会話を交わしながら、春一番に吹かれて、はじめておもったこと。

からだをうごかさないほうがからだにとっていいことがある。からだとイメージは切断できない。あたまのなかの映像とじっさいの自分のからだは切断できない。ことばでかんがえていることもからだと切断できない。なぜなら踊りのイメージというものも映像よりことばでおぎなってるから分割したり、映像をゆっくりにしたりして、練習できる。からだもことばの集積でできているのだとしたら？

かれはコッペパンを握る指をみつめる。爪爪爪、指のはら指のはら指のはら、みたいに文字を幻視《げんし》する、だけどそんなふうに考えたことをチャイムをきいたかれはすぐに忘れる。十六歳はおぼえることより忘れることのほうがよほど多い、かれら、からだが生長《せいちょう》するために情報を欲している。だけど、かれら自身は自分たちがどれだけ情報を欲して、教養を欲しているから、じつは自発的に授業をうけて勉強しているのだということを、しらない。精神的に自立している者に限って、強制的に勉強させられているとおもっているのだった。

翌日の夜、ふたたび踊りにいくかれを、別室でラジオをきいていた弟が「ねえ、ねえねえ」と呼び止め、「さいきん、なに？　どこいってんの、よなよな」。

「外」

「外？」

「公園」

「なにしに？」

「踊り」

の練習、と応えると、弟は「うそ！」といってぎょっとした顔をする。

「こないだ、いっしょにみた動画？」

かれはじぶんの記憶をたどった。記憶のなかでは、じぶんひとりでみたことになっていた、二人組のダンス動画。じっさいには弟も横にいたのだった。

「そう」

なのでかれは、そう応えた。

「えー！　おれがみせたとき、お前『だせぇ』としかいわなかったのに？」

「いってねえし」

「えー！　いってたわ」

かれの弟は十二歳。かれが経験しなかった反抗期をこなしており、ときどき、「うるっせえ、んだよ！　バ……バカ！」。ババアというかバカというか迷ったりしている。

母親は、長男のときになかった反抗期に、うれしいようなやはりムカつくような複雑な感情を抱えているらしく、口では叱《しか》ってみせておいて、感情はだいぶさめていることがかれにはわかる。弟は、あまえていた。弟じしんが自分のことを完全にもてあましている。その感情を片親である母にしかむけられず、よくベッドにつっぷして「うー」と唸《うな》っている。そのときの感情は、母親でもない、自分でもない、ままならない「成長」というそのものへの怒りが主をになってきている。

「なあ、おどりでもなんでもいいけど、かしかってきてくれよ」

「菓子？　なんの」

「なんか、いいやつ、カールみたいなのとか」

その手のスナックはしたにおりればストックがある筈《はず》なのだが、弟いわく「ババアの手がさわったかしなんかくえん」。兄としてのかれ自身は反抗期のない生長を遂げており、弟にたいしてどう接していいのかわからないので、弟の甘酸《あまず》っぱさを完全に無視することでなんとか日々をこなしている。ほんとうは大人になるか子どもでいるかどっちかにしてほしかった。中間は完全にかわいくない。思い出が、ぐいぐいねじ曲がっていくようだから、ほんとうは嫌《いや》だった。かわいかった弟をなつかしんでいた。

「金は？」

「ん、まって」

弟はドタドタと部屋に戻り、百円玉を一枚寄越《よこ》し、「これでかえるヤツ。あと出かけんならマンガかりていい？」。

部屋にいるときは物の貸し借りをしない。これはいつのまにか育てた兄弟暗黙のルールだった。

「ええよ」

トントンと階段を下りると、夜八時。

母親が緑と青の中間のような派手なうすいセーターを着ていて、「あんたどこいくの？」ときかれる。かれは無意識に弟に応えたのと同じ温度、同じトーンを心がけ「外」と応えた。傍《かたわ》らにタブレットだけを抱《かか》えて。

「そんな格好で！」

母親は素早くパーカーを用意し、かれにおしつけた。かれは黙ってそれをうけとったが、母親がほんとうにいいたかったのは「きをつけて」ということだった。

弟と母親との言語不開通を日ごろ眺めているからこそ、かれには母親がじぶんたちにほんとうにかけたいことば、実際にかけていることば、の齟齬《そご》にきがつくことが、ときどきあった。これは弟も母親もどちらも欠けていたらわからないこと。他の人間のことはわからない。友だちのことも、教師のことも、このようにはわかれない。きをつけてという代わりに、パーカーをおしつけたのだ。それででてくる声は「そんな格好で！」。

弟と母親が言語不開通のまっただなかだからこそわかる、一時的なものだった。

自転車を漕《こ》いでいると、たしかにさいしょはすごくさむくて、素直にパーカーを着てきてよかったとおもえた。ペダルを漕ぐ反動が足裏から、足首、ふくらはぎ、腿《もも》から上半身につたってくる運動がわかる。汗をかくまではすごくさむい。

「予知能力みてえ」

かれは心が浮きたってそうつぶやいた。母親の温度をよむ能力が、かれの肌感覚をよむ能力みたいにかれにはおもえて、感動していた。実際母親は、薄着を好みながら、寒さを無視できるほど意地っ張りでもなくあまのじゃくにもなりきれないかれの性格をみぬいている。わたせば素直にもっていくことのわかっているパーカーは、母親にとってもかれにとっても与《くみ》しやすいアイテムであった。

そのうちかれの思考は自転車の速度にのってフワフワし、母親のもたせた青いパーカー、母親の次男につうじない愛情の行きつく先、弟の菓子をかって帰るというおつかい、弟にみせてもらった動画のことにつながってゆく。

そもそもかれは連日その踊ってみた動画で踊られているダンスをトレースしながら、

その動画にどれほど自分が感動したのかということをよくわかっていなかった。自分がやっていることが意識不明だった。まだだれにも質問されていなかったからだ。

弟に「なにしてんの?」とはじめてきかれて、「踊り」と応え、実際にはされなかった空想の会話のなかで、「なんで」「したいから」「なんで」「すきだから」「なにが」「その踊りが」と連結されていく思考の覚束《おぼつか》なさに、かれ自身も戸惑っていた。連日のダンス練習で、足も二の腕も背中のへんなところも筋肉痛なのだけど。

かれじしんまだ気づくべくもないのだが、これはかれの性のめざめと密接に関係していて、かれは性欲を燃やす意図をもってキビキビ夜の公園でダンスを練習しているのだった。そうしなければモヤモヤと考えてしまうムダな肉体のムズムズが、かれにはあって、しかし踊ることでかれはそれを、先延ばしにしている状態だった。なんかしなきゃ、なんかしなきゃ、と心が訴えている矢先にみたものがそのダンス動画だったので、自分ひとりで処理しなければいけない肉体の暴走を食い止めるべく、自分のからだをムリな動きにあてはめたり、したことのないようなポーズを解剖《かいぼう》してイメージしてみたりして、なんとかギリギリ夜を突破しているような、切迫感《せっぱくかん》をかれ自身は充分自覚していない。

かれは公園についた。この公園で踊りの練習をするのは五日目で、おもいたったある春の月曜日から五日連続、いまはもう金曜日になっていた。十六歳の平日感覚はながい。もう三週間はこうしている感覚にかれはなっている。

土日はどうしようかな。

かれはかるく肩を回しながら考えていた。いまのからだにまとわりつく情熱だと、土日もきて練習したい気分ではあったが、さすがにひとが多いとやりづらい。踊りをはじめた初日には、ベンチにいたホームレスがこちらをみていた。表情が確認できないぐらいとおく、うす暗いなかだったのだが、それでも動きが縮こまった。反抗期はなかったとはいえ、かれは思春期なのだった。

かれが練習している踊りでつかわれている曲名は「テトロドトキサイザ2号」。〝えふとん〟と〝とらさん〟が曲に振りをつけていっしょに踊っている。作曲は〝ギガ〟作詞は〝碧茶《へきちゃ》〟。ボーカロイドにうたわせている。二〇一二年八月二十七日十七時二十三分に投稿されたオリジナルの〝【えふとん】【とらさん】〟テトロドトキサイザ2号踊ってみた〟動画アップ直後から、さまざまな踊り手がぞくぞく振りつけをコピーし、原典の振りをそのまま踏襲《とうしゅう》したりさまざまなオリジナリティを付加したりなど、あまたの〝踊ってみた動画〟がつくりだされた。踊ってみた動画界でのエポックメイキングな動画のひとつになった。

しかしかれはそのような事情をそれほどしらず、ただダンスがかっこいいから踊ってみている、オーソドックスで無自覚な踊り手のひとりだった。動画を撮るなんてことは考えていない。

だんだんとおしで踊れるようになってきていた。動きのひとつひとつは雑で、ただしくない動き、そもそも解体して理解できていない動き、動画に対して鏡像の動きがとれていない動きも、多々あったが、なんとなく全体をとおして動けるようになったぶん、かれはどこか満足していた。これからはもっと、ことばを精密に思考して、からだを分解して、練習にこまかい発明を施《ほどこ》していかないと、上達しないのかもしれない。なにより、つづける情熱を保ちつづけるよう、生活を調整しなくては。いまのかれが考えているより、ハマったものをやりつづけるのはむずかしい。経験ではしっているけれど、経験こそが役にたたないのが情熱走ったときのからだの状態なのだ。

今回こそ、自分の人生をかえるなにか明るい場所へいける、パッとしたことを自分はやっているのかも。

という全能感があった。

母親にいわれて着ていたパーカーを脱ぐ。

かんぜんに春なんだな。

とかれのからだのどこかは考えていた。汗にからだが上気《じょうき》して、ハアハア走る息があつい。

なんで、こんな必死で踊ってるんだろう？

踊れるようになったあとの展開をまったく考えていなかった、かれは将来のビジョンより欲望を基盤《きばん》に動くことがおおい。だれかを傷つけたとしても、欲望がただしければいいと、どこかでおもっている。そもそも、まだ決定的にだれかを傷つけた、と認識したことがなかった。だれかを徹底的に傷つけてみたかった。そのだれかの顔をみてみたい。

公園には向こうで懸垂《けんすい》をやっているおじさんがいて、そのひとは火曜日もいた。だがかれはそれをしらない。だれかが懸垂をしているな、ということには気がついていた。いろんなひとがいる。かれは、河原の友だちにあいにいってみようかな、来週あたり、と考えていた。

かえりにコンビニでじゃがりこチーズ味をかった。それひとつをレジにもっていくのは恥しく、ついでにチロルチョコもかった。弟に渡すと、「じゃがりこ！　ヒューだぜ」とよろこんでいた。

「百円じゃ足んなかったわ。五十円くれや」

「いやじゃ。なんで百円以内のものかわんかったの」

「そんな菓子はない。百円で買える菓子なんて」

「あるじゃろ」

じゃあもう十円やる、といって弟は抽斗《ひきだし》をゴソゴソした。

「やっぱええわ」

部屋にかえる。かれにはこのごろ、弟が土日なにをしてすごしているのか、サッパリわからないのだった。


放課後、かれはななめがけカバンをゆさゆさ揺らし、躍動するリズムでふといビニールの紐《ひも》ぶぶんが右肩にぶち当たる感覚を保ちながら、河原へいった。

つくもがいた。いつも座っている。小学校時代の同級生であることはたしかなのだが、何年生のとき同じクラスだったのか、十六歳のかれの記憶はさだかでない。小学校をいっしょに卒業した記憶もない。どこかのタイミングで、学校にこなくなった印象がのこっている。

しかしかれは、事実を友だちに確かめなかった。友だちが傷つくようなきがしていたけれど、じっさいには関心がなかったのかもしれなかった。

「おすー」

「おー」

つくもは川べりの、水が爪先にかかるような場所にいつも座っていた。かれはいつものように、コンビニでビールとポテトチップスをかってきた。かれ自身はまだまだビールが苦手なのだが、友だちはすきだ。よろこんでのんでいる。

一度、「昼間はなにしてんの?」ときいたことがあった。かれは直感している。友だちはずっと学校にいっていない。苛《いじ》められているとか、勉強ができないとかではなく、学校にいくような環境にないのだとおもう。それが具体的にどういうものなのか、かれにはわからない。

「図書館にいくか、拳法《けんぽう》の練習してる」

と河原の友だちはいっていた。

「けんぽう?」

「うん。オレ、ドラゴンボールめっちゃすきだから、あれしかマンガってよんだことないけど、百回ぐらいよんでるの。一巻につき百回だから、三千回ぐらいはよんでる。オレ、しゃべりかたおかしくない?」

河原の友だちは、そういって腕をめくった。細腕に力こぶ。ひとに喋《しゃべ》る機会がかれと話すこの河原しかほとんどなく、ときには一ヶ月以上ことばを発しないというので、緊張していることもあるのだという。それでも、発話や発声がちょっと独特だとおもうときもあるけれど（帰国子女のクラスメイトが、ことば遣いや発音すら完璧なのに、日本育ちでないゆえのある種の日本語への鷹揚《おうよう》さが、わかってしまうときのように）、かれは違和感を友だちにつたえようとはしなかった。

「ふつー」

といっていた。ふつうといってしまえば、たいていなんでもふつうの域におさまるのだった。

つくもは小柄で、身長は百六十センチもない。だけど、ときどきほんとに強そうな雰囲気をかんじることがある。ちょっとビールの缶をゴミ箱に捨てにいく動きのおおきさだけで、なんとなく喧嘩《けんか》を売られるのをいつも待っている、というような迫力をかんじることがある。

すべてはかれのかん違いかもしれなかった。

朝、迂回《うかい》してふだんとおらない河原をとおったある日、かれはひたすら垂直ジャンプを跳んでいるつくもの姿をみることがあった。たんたんと垂直ジャンプをくり返す友だちに、かれはははなしかける気力がなかった。だけど、ありあまる時間をそういうふうにすごしているのだ、という一材料がみつかって、かれはそういうもんか、という認識をもって登校したのだった。

世界は、人間は、自分がおもうよりいろいろなんだな。

という感想を、たびたびかれはくり返している。

「さいきん、ダンスやってんのよ」

「へえ」

友だちはビールをジビリとのんだ。うれしそうにしている。ポテトチップスの袋をビャッと破り、わしわしたべている。

「そうなの。だけど、なんかうまくいかんね。実際に練習しているときより、あたまのなかで踊っているときのほうが、なんとなくうまくおどれているきがする」

「ふーん」

「あたまのなかのおれのほうが、ほんとのおれっていう感じする」

「うーん」

「練習しているときの、うまく動けてないおれのほうが、本来のおれじゃない、みたいな……」

かれの認識は追いつかない。あたまのなかのうまく踊れているかれの像が理想なのではなく、あたまのなかの動きをからだにスムースにつたえられていないかれが人間として「おかしい」のではないか、という認識をかれはもっていた。

「なんつうか、ほんとはあたまのなかでできている動きぐらい、おれの運動神経が、ならされていれば、できるはずだし、べつにあたまのなかでもそんな理想てきな動きができてるわけではないきがする。あたまのなかだからといって、そんなに『理想！』とか『夢！　幻想』とかいう感じでもないし、みたいな……」

なかなかつたえたいことがうまくビジョンをむすばない。イメージにならない。ほんとうにつたえたいことをつたえたいとき、知っていることばの範疇《はんちゅう》では、表現できない。それどころか、どれだけ言語表現がうまくなっても、あたらしい認識といっしょにことばをみつけていかないと、この感覚はうまくつたえられない。

かれは踊りの練習と、弟の反抗期へのモヤモヤをつうじてさいきん、そんなことをおもいはじめているのだった。

「わかるかも。オレも、悟空《ごくう》の動き、うまくできないもん」

「悟空の動きは、いくらあたまのなかでできてもできないんじゃない？」

「や、二巻の、ヤムチャとはじめて闘ったときの動きだから、原理的には、できるとおもう。コマとコマのあいだを補完してな、スムースに動くのがな、なかなかできんね」

友だちはビールで顔があかくなっている。すこしすると、眠たそうな顔をする。学校にかよっていないせいなのかもしれないが、同級生のはずなのに、つくもの顔だちはすごく若く、おさなくみえるのだった。小学校高学年のまま時が止まったようにみえる。小柄とはいえ、心配になるほど痩《や》せているわけでもなく、それなりに生長はしているというのに。社会生活につうじていないせいなのだろうか？

かれは友だちの眠たそうになる顔と、互いに「つうじてる」と「つうじてない」の中間に域《いき》するような会話がすきだ。いつでも足りない小遣いを浪費して、こうしてときどき河原にきているのはそのせいだ。

けっきょくかれのほとんどのまないビールをすこしのんで、友だちは河原にねた。冬場はあまりきていなかったから、喋《しゃべ》るのはひさびさだった。冬はあつい毛布をかけている。それでも、そこをあとにするとき友だちが凍《こご》え死ぬのではないかと心配になる。

家がないわけではなく、「あんまかえりたくない」だけで、この河原沿いの団地のどこかの一室に、つくもはときどきかえっているらしい。

とろとろとしている友だちに、「じゃ、おれ、そろそろいくわ」といい、のこりのビールを川にながした。川に黄金《こがね》色が溶けてオシッコみたいになる、この光景を毎回みるのがかれはすきだ。

もともと昼飯は中学からもちあがりの友だちである阪田《さかた》と食べていたかれだったが、ばっちりノリがあうというわけでもなかった。阪田はすぐにちょけるので、かれとしては面倒になってかえりたいとおもうときがあった。カラオケやファミレスでだらだらしているときに、はっと気づくのだ。

は、いまかえりたいのかも、自分、というような。

しかしじっさいにかえったりはしない。

阪田はさみしがりやのひとりっこなので、できるだけひとといる時間を引き延ばそうとする。そんな事情もあって、かれは春から転校してきた草野《くさの》を自分たちのグループに誘い、昼をともに食べるようにして三週間がたっていた。

草野は徳島から転校してきたという。

「親がリコンで……」

と最初にいったとき、阪田とかれは黙った。

かれは片親なのでとくべつな感慨《かんがい》がわかず、なんで離婚が転校につながるのかすぐにはわからなかった。腹が減っていて頭脳が鈍っており、あたりまえのことがあたりまえに反応できないだけだった。

阪田は「親がリコン」にたいして、「なんていっていいかわからない」と「なんかキナ臭い」の中間に域するような感慨をえていた。これは迂闊《うかつ》になにかいってはいけないヤツで、それでもなにかをいわなきゃいけないようなきがした。それでいったことばは、「いろいろあるよなー」。

かれは「なるほど」とおもった。そのようにかえすのがいいのかもしれない。

かれがその後にすこし考えたのは、「おれがリコンとかボシ家庭に関してなんにも感想がない」ことは、「うまくつたえられない」ということだった。なにかいってしまったら、言語化してしまったら、その瞬間になにかを「おもってしまう」きがしていたし、その瞬間こそに偏見《へんけん》に近寄る「感想」がうまれてしまうのかもなあ、となんとなしに考えていた。それでもかれは、すぐにその思考体系ごとをごっそり忘れ去った。もっとわかりやすく、定型的にアイデンティティがクライシスだったら、言語化する価値もあるのかなあ……

校庭で女子が、弁当をたべている。草にビニールを敷いている。彼女らのリーダー格である女子のロッカーに、ふだんはしまわれているちいさなギンガムチェック。つめつめして尻を寄せあって座っても、最大でも四角形のしへんに四人座れたらいいだろうという土地に、三人が座っている。

「星崎《ほしざき》くん」

転校生の草野は、かれの苗字《みょうじ》にくんをつけるのを、そろそろやめそうな気配をもっている。かれのほうでも、そろそろくんをとられる、とわかっている。しかしその認識が泳いだまま、この火曜を跨《また》いだ水曜日に、かれははじめて草野に「星崎」とよばれた。そのことにたいして、なにも反応せず、「星崎宿題した？」と西のほうの訛《なま》りできかれ、かれはつられて「してへん」と応えたのだった。しかしそれはまだこの二日後のはなし。阪田はむこう一ヶ月「阪田くん」と呼ばれたから、「星崎／阪田くん」混在時代のモヤモヤはその一ヶ月間だけ保存され、そのあとには忘れ去られている。それからは星崎阪田草野の三人でつるむ一年間が、とどこおりなくすぎる。

「星崎くん、あのこすきやろ」

草野が箸《はし》でさしたこ、それは樋口凜《ひぐちりん》。

「わ！　草野くんすごいなあ！　あたってるし」

草野がいった「すきやろ」は、かれの耳には「すきゃろ」にきこえ、なにをいっているのかわからなかったし、わかったあともすぐに「ちがう」といおうとした。それなのに阪田がシューティングスターの反応で「あたってる」と肯定してしまったことにイラついた。

「ちげえし。すきじゃないわ」

実際、かれとしては夜に性的におもいだすことを、すきといっていいのかわからないとこあるな、という感想を毎日考えており、そういうふうに思いを消費している女のこにたいし、かんぜんにどう振る舞っていいのかわからなかった。だからまだ樋口凜を「すき」と自分できめ、自分に宣言できなかった。

「まだいってんの？　それ。もう時効よ」

「時効ってなんだよ。意味ちげえだろ」

阪田も草野もかれも、勉強ができない。語彙《ごい》がバカという共通項があった。指摘したあと草野はずっと黙り、「あのこ、かわいいもんな」と、弁当をかたづけたあたりでつぶやいた。

「おれ、さいきん踊り練習してんのよ」

とかれにいわれ、その動画をみせられたとき、草野は「ええね」とだけ応えた。しかしその夜ふろにはいっているときに、母親に「まだ？　はよ出て！　おかあさんはいるし」といわれるまでずっと、ぬるい湯のなかで小学校時代の友だちのことをおもい出していた。

草野は両親不仲のせいかうっくつした少年だった。じぶんのことはみんな、「ノリわる」とおもっているのだとおもっていた。まだ小学生だったある放課後、たかいところに隠れて鬼ごっこをしているとき、クラスのリーダー格の杉尾《すぎお》少年に、「ここ、飛び降りれる？　まあ、くさのんならいけるわな」といわれ、ずっとそのことがうれしいままだったことをおもいだす。

杉尾少年は運動神経にすぐれ、地元の連《れん》でも愛されていた。

阿波踊りの有名連に属し、「あのこの踊りええなあ」と地元のおばさんおねえさんによくいわれるような少年だった。笠《かさ》で寡黙《かもく》に表情をかくし、伝統に則《のっと》った定型を重《おも》んじる女踊りのおねえさんに、「きみの踊りええねえ、わたしももうちょっと男踊り練習しようかな」といわせるようなところがあった。とくに手指の動きの繊細と、少年らしい全身の奔放《ほんぽう》と、矛盾《むじゅん》しないふたつの落差が、ピカピカしていて、みんなをあこがれさせる。

草野自身は阿波踊りに関心がなく、母親もその時期にうきたつ地元のことをどこか疎《うと》ましくおもっているようだったから、できる限り土着の文化と関わらないように育っていった。しかし男踊りのスター少年に運動神経をみとめられたことは、草野の心に十年消えない灯《あか》りをともした。

杉尾少年は中学に進むとわかりやすい地元ヤンキーになったが、踊りはずっと止めず、草野のことを認めると「おうくさのん」と呼びかけてくれた。そもそもそういうふうにだれかに声をかけることそのものがすきだったのかもしれない。

小学校時代のあの日。

ちいさな発電機のような、謎の機械を取り囲む、金網のむこう。

金網をつたって五メートルほどはなれた校舎の窪《くぼ》みのたかいとこに隠れて、杉尾少年と声をひそめあった。コンクリからたちのぼる夏の熱と、杉尾少年の肌の柑橘《かんきつ》めいたにおい。

ハアハアと息遣いを交換するだけの五分ほどを過したあとで、「もしみつかったら、飛び降りてアッチにいこうな」と杉尾少年はいった。

「ここ、飛び降りれる？　まあ、くさのんならいけるわな」

といわれ、かれは顔がボワッとあつくなった。

「うん」

と応えるので、充分だった。高校生になってもときどき、「おうくさのん、どやどや？」とか声をかけられていた、杉尾少年には転校することをいえなかった。

風呂をでると、母親に「あんたどしたの？　いつもは五分ででるのに。仕事おくれそ」といわれた。草野の母親は毎夜風呂にはいったあと化粧を施し、仕事にでる。それで朝までかえらない。転校して三週間。だいぶんいい争う相手のいなくなった環境に慣れ、母は抑圧から解放されつつある。草野は自分だけ、徳島の地になにかおいてきたような気分になっている。「離婚」と「転校」を「する」といわれ、そのことばと実態との関係をうまく結べないまま東へきてしまった。父親のことは嫌悪していたから徳島に残る選択肢はなく、現実には転居に従うほかなかったにせよ、それでも賛成だ反対だという未満の、なにか意思表示を誰にも示せないまま環境を移してしまった草野には、自分でもうまく捉《とら》えられないなにか引け目がある。

「行きたくないよ」も「しかたないよ」も、親にも友だちにもだれにも言えぬままこっちにきてしまった。

母親はここのところ、慣れない環境に戸惑っているであろう思春期の息子を慮《おもんぱか》るやさしい親の顔で、草野の表情を窺《うかが》っている。じつのところ草野は戸惑う息子の役をうまく演じきれない。

「うん、考えごと」

自分がなにをしたいのかわからず、どこへいきたいのかもどうなりたいのかもわからない草野、十六歳はしかしひさびさにスッキリした思考とノスタルジーを味わってすこしからだが昂揚していた。


「これ、みてくれる?」

草野がさしだしたスマホでながれる、音の抑えられた映像を、かれはじっとみやった。クラスの喧噪《けんそう》に紛れて、音はきこえたりきこえなかったりする。祭りのお囃子《はやし》。

「これなに、なんだっけ、あれ、阿波踊り?」

「そうやで」

音が鳴る。太鼓の音、笛の音、鉦《かね》の音。音楽はおもしろい。かれは映像のなかの踊り手が踊りだす前から、音楽が鳴っていることをふしぎ、とおもった。音楽がないと踊りだすことはない。

そうか、われわれも、音楽のために踊っているのだ。

音楽がたのしいから。音楽を表現しているのであって、じぶんを表現しているのでない。しかし愚直《ぐちょく》に音楽を表現してはじめてであえる「じぶん」もいる。

とかれはきづきかけたが、踊りがはじまったために思考が中断された。

いきなり連の提灯《ちょうちん》のくくられた柱をもった男がひとり、全力で商店街を駆け抜けて、それに劣らぬスピードでほっかむりおじさんたちが一挙に踊りながら飛びだしてきて、かれはビックリした。

「え、こんなんなの？　阿波踊りて、もっとゆっくりジワジワみたいなやつだとおもってたんだけど」

「この連はちょっと変わってん。阿呆連《あほうれん》ていう。伝統的な振りつけがちょっと、奔放な」

「ふうん」

「あ、このこ、この男のこ、ぼくの幼なじみやねん」

集団のなかから飛びだして、半被《はっぴ》のはしを摑《つか》んだ若い男が、酔狂《すいきょう》なバランスをテンテンと、披露《ひろう》しつつリズムを維持している、さわやかな風ふくように。

「え、すごいな。すごいめだってんな」

いちかけ　にかけ　さんかけて
しかけたおどりはやめられぬ

ごかけ　ろくかけ　しちかけて
やっぱりおどりはやめられぬ
やとさー　やとやと

女踊りがそう歌ってるのを、「え、なになに、なんて?」とかれは聞きとれず、チャイムが鳴った。

「あ、チャイム」

草野が席に戻っていった、かれはもうちょっと阿波踊りをみたかった。とり残された気分になる。授業に入っても、あたまのなかで歌詞のききとれなかった女踊りのうたが、鳴りひびいた。

かれは窓の外をみる。学校の校庭を挟んで、かろうじてみえる距離にかれの住んでいる家はある。住宅街に埋もれて、屋根のオレンジとピンクの中間のような色がみえる、その二階にかれの部屋がある。小学校より中学校よりむしろ高校のほうが家から近い、家から近いからかれはこの高校を受験した。学力を上げようとしんけんに努めた経験がかれにはまだない。小学生のころ、両親が離婚するときに父親が慰謝料《いしやりよう》代わりにのこした一軒家で、それ以来母親はもともと勤めていたデパートの売り子の仕事に復帰したが、それほど真剣に金にこまっているわけではなかった。かれも片親を深刻に捉えたことはなかった。だけど、空をみるだに、弟は違っているのかもしれない、とおもった。弟はさみしいのかもしれない。じぶんでもわからない弟のからだのどこかで、さみしいのかもしれない。ぴゅーっと笛が鳴るようにつよい風がふいた。校庭の砂が舞いあがり、渦まく。だけどかれはおもった。男の子がさみしいとおもうときどういうふうにするのがいいのかわからない。なぜだかかれはあの、通りの中心でソロみたいなのを踊っていた男子、草野の友だちだという杉尾少年に、きいてみたかった。

「男がさみしいときはどうしてやるべきなのかなあ」

あのように半被のはしをつかみ、前に後ろにとバランスを崩しながら、風にながれるように踊るおどりを、やっこ踊りといった。

「なあ、おれ踊りやってんだ」

「そりゃ前にもきいたよ」

授業おわり、草野は板書がうつしおわっておらず、ノートにシコシコ鉛筆をはしらせていた。

「ポップミュージックなんだけど」

「ポップミュージックな……」

草野は、かれがそこにたっているのをすこし邪魔におもっていた。陰になってノートがくらい。目がわるくなる。さっきかれに阿波踊りをみせたことを、草野はさっぱり忘れていた。

「あの、阿波踊りのソロのこ、あいついいな」

かれはいった。それで草野は、そうやったそうやったとなる。なんだか、みせてやりたくなったのだ。ぼくの友だち、といって、やっこ踊りのソロでほこらしげに輝く、ぼくの友だち、といって。草野は大人があの芸能人の友だち、とか、あのスターの親戚の知り合い、とかみずからの周縁を自慢するきもちがわかった。杉尾少年といると自分までひかっているようにおもえた、あの誇らしさとうっくつは忘れがたい。

「ええでしょ」

「おまえ」

まさにいま、方言と関東標準語とのちょうど中間にいるなあ、といいかけて、かれは黙った。代わりに、「兄弟いる?」ときいた。

「いない」

「ひとりっこ？」

「ひとりっこ。星崎は？」

「弟がいるんだけど、さいきん反抗期で」

「反抗期？　うざいの？」

「おれに対してはうざくないんだけど、母親にたいして反抗してんのが、うざいといえばうざい」

「ふうん」

草野はようやく板書をうつしおえた。草野の意識ではかれに杉尾少年のやっこ踊りをみせたところで、あるていどきもちがおちつくのをかんじていた。東京でやっていこうと。母親のこっちの親戚にニコニコしようと。馴染《なじ》もう。徳島と東京と、どちらにも居たくないのだと双方に引っ張られているような、宙ぶらりんの不毛を意識して止めようと。それでも、具体的にどういうきもちで日々をすごして、なにをしてどうしようというところにまでは認識はいたっていない、草野の未熟な精神と肉体は草野の内面でだけ成立している。ひとり善《よ》がりはずっとならない。他人に迷惑をかけまいとする心がけを、破るときこそほんとうに精神が成熟していく。

「ちょっとみてくれない？」

「え?」

「よる、公園で練習してるから。毎日」

「え、練習て、ひとり?」

「ひとりひとり」

ふたりは束の間、沈黙した。

「あ、場所わかる? 西門でて、とりあえず校舎を背にばーってまっすぐいくと、国道にぶつかるから、そこ右にまがって、三百メートルぐらいあるくと、斜めひだりにまあまあでっかい公園あるから。いっても、草野このへんに住んでたよね?」

夜のにおい。

夜の公園のにおい。

夜の公園の夏のにおい。

じっさいに草野が公園をおとずれたのは、それから三ヶ月もたってからだった。

「きてやったわ」

「おせーわ」

かれはいった。昼間は毎日あっているのだが、いちど踊りの練習をみにくるよう誘ったきり、もう踊りのことを話題にすることはなかった。かれは意識して、話題に困ったときには弟のことをはなすようにした。

弟のことば遣いのこと。

弟と母親のすれ違う言語領域のこと。

母親はある日、「あのこのいっていることがサッパリわからない」「たまに憎しみすら感じる」と酔っぱらったときにいい、そのあとですぐに「ゴメン、いまの忘れて」といった。

「いいじゃん」

とかれはいった。

「むすこににくしみかんじてもいいじゃん」

そうして、かれは踊りを練習しに公園に赴《おもむ》くのだった。

しかしモチベーションはだいぶんおちていた。一時期は毎晩公園にいって二時間も三時間も練習していたが、いまでは週一日、三十分ですませてしまうときもある。

踊りを習慣にしたかった。しかし運動を習慣化することはむずかしい。だから草野がはじめてその夜の公園に足を踏みいれたとき、かれがいたのはたまたまで、その週は不在にすることもおおかった。げんみつにはまだ梅雨なのだが、昼間の陽ざしにはじめて、本格的な夏が混じりはじめた、ある六月の夜。

かれはそれほど熱を込めてではないが、三回踊りをとおして練習し、休憩していたところだった。

「ポカリをかってやろう」

じぶんがのみたいがためだったが、かれは自販機に駆け寄ってポカリを二本かった。

「え、ありがと」

草野は目をまるくした。しばしの沈黙と長考を挟んで、「星崎、小遣いいくらもらってるの?」ときいた。学校で皆にききづらいとおもっていることだった。徳島にいたころはきけたのに、東京にきてからきけなくなったことのひとつ。きけない理由をなぜだか草野はわかっていない。草野は小遣いを月一万もらっている。

「え、一万」

「あ、おなじ」

高校生で月一万の小遣いは、水準よりおおかった。

「スマホ別?」

「スマホ別」

「あ、おなじ」

母子家庭で、東京へ越してきて、母親の羽振りがよくなってちょっといい小遣いをもらっていることを、草野はかすかに引け目にかんじていた。しかし、わざわざ「悩み」として言語化するほどではない。関東では「ウチ小遣いもらってない」と自虐《じぎゃく》をいえるヤツが精神的優位にたつ。たかだか小遣い環境がいっしょだからといって、意気投合するのもなんだかバカバカしい。だけど、心がうわつくのはくい止められない。

「踊りみてやろうか?」

ポカリをのみつつ、草野はいった。夜のベンチ。しめっているようにみえる木が、触ってみるとかんぜんに乾燥《かんそう》しているのに心がおどろいた。手にのこる感触が、視覚を裏切ったからだ。

「うわ、濡れてるとおもったのに濡れてへん」

草野がそういうのをきき、かれはうすらボンヤリと、「きょうの草野は上機嫌だな」とおもったが黙っていた。草野のなかでもつぶやくかつぶやかないか意識の境界にまたがるようなことをつぶやいたのであって、もうちょっと体調がわるかったり気温が暑かったりさむかったりしたならつぶやいていない。

「踊りなあ」

かれは、モチベーションがさがっていたからみせるのがすこし億劫《おっくう》だった。三ヶ月前、はじめて草野を夜の公園にさそったときのような昂揚はもうなかった。なぜあのときすぐにきてくれなかったんだろう、という不満が、内面に巣食った。

「ま、踊るか、いちおう」

そうしてかれは、三ヶ月間練習していた踊りをはじめて他人に披露《ひろう》した。

するとおもいもよらない恥しさ。

踊っているかれと同等に、草野も恥しいのだった。しぜん腕の動きやターンのひとつひとつがぐにゃぐにゃしてしまう。下手でもキビキビ回ったほうがいい。ターンは軸がずれてても、キビキビ回れば愛嬌《あいきょう》になるから。ぐにゃっと回るとだらしないだけだ。かれはとちゅうで止めた。

「止めんなやー」

そのじつ、草野は止めてもらえてほっとした。

「ちょっとまって、なんか、想像以上に恥しい」

恥しいと口にだすことすら恥しかった。目の前にいるのが草野ではなく阪田だったから、「恥しい」と口でいうことすらできず、ニヤニヤとさいごまで踊ってしまったかもしれない。だらしないの極致だ。

しかし草野はタブレットのなかの二人組とかれがぜんぜん違う動きで、それぞれ朗らかに踊っているのをみるのがジワジワたのしくなっていた。オリジナルとされる画面のふたりは、たぶん新宿のどこかの公園で踊っている。モード学園のアミアミの建物が、ねじれていない状態でそびえているから(名古屋駅近くのモード学園の建物は、上空から巨人にひねられたようなかたちでねじれている)。

「ちょっとまって！　さいきんアレだから、練習不足だから」

「へたくそだなー」

草野はからから笑った。

「こうじゃろ？」

そうしておもむろにベンチにポカリの缶を置いて立ちあがり、サビの比較的かんたんな振りを踊ってみた。

「え？」

「こうじゃない？　で、こう！」

草野はくるくるターン。

「え、うまくない？」

草野はまだ気がついていないことだが、長年自分では踊らず、しかし草野じしん無自覚なようでいてものすごく熱心に杉尾少年の踊りをみつめていたから、身体感覚を言語の介在なしにじぶんのからだで変換する能力に秀でている。かれら、「うまくない？」「え、そう……？」「ちょっとビックリした。天才かと」「そんなことないじゃろ」といいあう。夜がふけていく。

「って大袈裟《おおげさ》にほめたら、まんざらでもないようだったので、いっしょに練習することになった」

とかれはひとくちだけビールをのみながら、そう告げた。河原の友だちはアルコールに澄んだような声で、「いいことだなあ、なんにせよ、二人組になったのは」。

「それで、その友だちの、草野の踊りがうまいっていったのは、お世辞だったの？社交辞令ってやつ？」

「いやいや、それが違うのよ。ほんとにうまかった。ちょっと動いただけで画面のなかの映像が草野の動きになって、『ちょっとちがくね？』って一瞬はおもうけど、それは草野の動きになっているからそうおもうだけで、『あ、できてるんだ』ってわかんの」

「へー」

「スター少年あらわる、ておもったよ。ずっと地元の杉尾って友だちにあこがれて自分は阿波踊りをやらなかったっていうんだけど、やりゃよかったのに。っていうか、そういうふうに子どものころから杉尾少年の踊りを間近で眺めてきたから草野のからだのなかに溜ってた、踊り用のことば？　踊りの言語みたいのが、ばーって草野から飛びだしたみたいに、ぴかぴかひかってたよ」

「いいなあ」

河原の友だちは赤らんだ表情でたちあがり、や、は、とう、などといいながら、拳法めいた動きをした。おもっていたより回《まわ》し蹴《げ》りが、たかく速く、回るのでかれはビックリした。

「え！　すごいな」

「オレもぴかぴかしてる？」

「してた！　すげー足が上がるんだなあ」

「毎日五百してるからな、回し蹴り」

そうして河原の友だちは満足げに笑う。ふたたびかれの前に胡坐《あぐら》をかいた。土が舞いあがる。酒と運動に赤らんで上気した友だちの顔は幼く、体型もふくめてまるで小学五年生だ。かれとわかれたころとそっくりそのまま。

河原の友だちはハアハアいっていた。

かれは、どんどん口が回る。河原の友だちの前でだけこんなに饒舌《じょうぜつ》になることがかれは恥しかったが、自分の意志では止められなかった。

「だからいままでは、草野のほうが振りつけの細部をおぼえるのがはやくて、おれが教えてもらってる立場なんだよ。なんなんだろ、そういう才能って」

「才能かー」

「弟にも、なんかあんのかな、才能」

「弟？」

「なんか、毎日部活もせずに家でダラダラゲームしてるから、なんかあんのかなっておもって」

「おまえにいわれたくもないわな」

河原の友だちはいい、土にゴロッと横になった。

いつも躊躇《ちゅうちょ》なく地面に横たわるので、かれはビックリする。土が髪の毛に混ざってもまったくきにしない。一回横たわったあとで、半身起こし、口のなかから唾《つば》を「ペッ」と吐くと、かんぜんに茶色くて、かれは石のうえで泡だった友だちの唾をまじまじとみていた。

すごくハアハアいっている。さっきの運動からまだ息が回復していない。酒のせいなのかもしれない。かれはきにせず話した。

「たしかにそうだけど、思春期で母親に暴言吐いている弟が、今後どうなってくのかおれにはまったく見通しがないよ」

「てか、反抗期って、健全な発達のさいちゅうには、あったほうがいいものらしいけど」

「え、そうなん？」

「そうらしいよ。こないだ、図書館で調べた」

「なんでそんなん調べんの？」

「お前が、あんまり、弟のことというからじゃん」

そんなにいっていた？

かれは半ば無意識だった。

「むしろ、反抗期がないほうが、いくないらしいぞ。子どもの自立とかに、かんしては」

そうして、河原の友だちはいつものように、ねむたいそぶりをみせた。夕陽がしずみかけている。

「おーい」

とおくから女性の声がして、かれはぎょっとした。土手の向こう側からひびいていて、顔も姿もなにもみえない。若い感じの声だがおばさんだったとしてもなんら驚かない。

「はーい」

とつぜん、河原の友だちが横たわったまま、返事した。さらにハアハアいっている。息もたえだえ。

「え、なに?」

「なんか、近所のおねえさん。先月ぐらいからときどき、オレの生存確認とかいって、声をかけてくる。返事しないと、料理とかもってコッチにくるんだ」

「へえ! やさしいじゃん」

「うざいよ」

生きてるかどうかなんて、かってに確認されても、コッチはさ、じぶんが生きてる証拠なんて、欲しくないんだよ、他人に心配されても、ふあんになるばっか……

ハア……ハア……ハー……

かれはいいようのないかなしさに襲われた。

夏のにおい。ビールを川にながして、無言でかえった。夕陽に溶けて、川の水とビールが混ざりあったところはみえなかったけど、かすかな炭酸臭が鼻をかすったきがした。

就寝前にいつも考える。

それは樋口凜のこと。樋口凜のうごいているようすをみるだけで、どこかしら胸がスカッとする。

かれのおもいびとである樋口凜は、ある日の昼休みのあと、ロッカーにシートをしまいながら考える。

さいきん、星崎と草野が仲いいなあ。

能動的に考えるでもなくそんなイメージをボヤボヤ思考していた。

草野は時期外れの二月末に転校してきた。だからまだこの学校に、このクラスにやってきて四ヶ月しかたっていない。樋口凜らはもう二年生だから、その差はおおきい。

一学年に五クラスで構成されたこの学校では、選択授業やら体育の合同やらで、ほとんどの生徒とどこかしらで顔を合わせることがある。だから二年次直前からやってきた草野は、主に他のクラスの者から「だれ?」「あれだれ?」という感じの視線に頻《ひん》繁《ぱん》にさらされてしまう。

その草野が、星崎といううしろだてを得て、「星崎の友だち」という枠におさまった。もちろん阪田も昼食をともにしているので、樋口凜は草野が孤立していたわけではないことをしっていたが、公に草野が「星崎のつれ」として認知されていったのは、平素からよくふたりではなす姿がみうけられたからだ。ふたりは休み時間のあいだじゅう、よくはなす。なんの話をしているのだろう？

ようすから察するに、星崎阪田草野と三人のかたまりではなしていることと、星崎草野のかたまりではなしていることは、だいぶん違う。樋口凜は星崎草野の表情でそれがわかった。はなしている内容がわからなくても、表情や身振りをみるだけで、違いというのはつたわってくるものだと、樋口凜ははじめてしった。星崎と草野は、ふたりでいるときだけ主に踊りや踊りにまつわる試行錯誤についてはなしていた。

星崎が自分のことをなんとなくすいているのも、樋口凜はしっていた。

「まーた星崎、凜のことみてるよ」

「ウワー、でも、なんかいいよね、ホッシーはマイペースで、阪田ってなんか、バタついてるし、動きが」

いっしょに昼をたべている白岩《しらいわ》さやか（ほんとはちょっと草野がすき）、青木《あおき》由希《ゆき》奈《な》（しいていうなら星崎がすき）がいう。そのように、だれがだれをすきとか、そういったバイアスを踏まえることなしに、彼女たちは日常会話すらスムースにまわせない。

「星崎、そんなにすきとかじゃないって、べつにわたしのことなんて。いっても星崎って、害がなさそうだし」

と樋口凜（消去法的になぜか阪田が気になっている）はいった。向う岸にいる男子を観賞する。彼女らは明確に目的をもってその場所にシートを敷き、その場所で日々お弁当を食べていた。自己承認が薄く、イケメン的派手さもなく、運動も勉強も得意でない男子を眺めやるのはおもしろい。

先方でもそうなのだとおもう。樋口凜を観賞し、白岩さやか、青木由希奈を観賞し、それについてあーだこーだとはなすことなしに、お昼の時間も過ごせないのだとおもう。

なぜなら、かれら星崎グループの三人と、彼女ら樋口グループの三人には、高校生の磁場に属したボーイズトーク、ガールズトークにうまく馴染めないという特徴があったからだ。男子は女性性をしめす固有名詞にこだわり、女子は男性性を象《かたど》るディテールにこだわる、それぞれの下ネタにうまい対応ができない。関心はあっても、お互いになにか行動を起こすほどの情熱をもっていない。かれら彼女らは、ティーンエイジャーらしからぬ色恋への低温において、共通していた。

　樋口凛は目下のところ、妹のことにしか関心がなかった。三歳のころからずっとピアノを習っていて、ころころ太っていて、中学で苛められているらしい。しかし樋口は妹を溺愛《できあい》していた。学校にいても妹のことばかり考えてしまう。妹がチョコを食べているところ、から揚げを食べているところ、米を食べているところ、を想像しては時間をおくっている。

　そうして彼女の思考はいつの日でも妹にかんすることに帰結してしまう。女子グループがコスメやアイドルや動画共有アプリやＳＮＳでの人間関係について考察している話題に、「カワイー」「そうなんだー」「カワイー」と相槌《あいづち》をうっているときも、どんどん思考が妹になってってしまうのだった。

「次、女子音楽室？」

　ロッカーをしめ、席にもどろうとしたあたりで、樋口凛は阪田に話しかけられた。阪田は星崎に黙っているが、樋口凛とときどきこうしてふたりきりの会話を交わすときがある。阪田は無意識の領域で、樋口凛が三人の女子のなかでもっとも自分に関心があり、フラットに話してくれることがわかっていた。

「そだけど、なに？」

「や、女子と音楽ってのはカワイイ組み合わせだよな。なんとなく。筆記用具つかわないならシャーペンかえんぴつ貸してくんない？」

「なにそれ。キモ。てかあんたシャーペンももってないの？」

「ボールペンしかなかった。忘れてきた」

阪田はほんとうに家に鉛筆をわすれていた。つぎの授業は美術で、なにかをスケッチしなければいけないらしい。阪田は先ほどそれに気がついて、これ幸いとひさびさに樋口凜にはなしかけようとおもったのだ。こういうきっかけでもなければ阪田は女子にははなしかけられない。

「はい、鉛筆」

「あんがと、なあなあ、最近どう？」

「どうって？　なにが？」

「体調とか」

「キモ」

「青木と白岩とはどう？」

「フツー」

「そっか」

「なんなの?」

「べつに」

「星崎と草野ってさいきん仲いいよね」

樋口凜は、じぶんでもおもいも寄らない思考が口をついたので、驚いた。こんなことは、おもっていても、ふだん口にしない。他所《よそ》の人間関係についてなにかいうと、あとあとゆううつになることが多いからだ。

「へ、そう?」

しかし阪田は意に介さず、鉛筆をにぎったまま呆《ほう》けている。

樋口凜は、こういう阪田のパシリ体質というか、子分体質というか、ある種の愚鈍さや神経のゆるさが、三人のなかでいちばん好感をもてるゆえんなのだと、久々におもいだしていた。

「そうでもないか」

そうでもあると樋口凜はおもっているのだが、阪田に敬意を表してそういった。じゃあな、と阪田は席にもどる。午後の授業がはじまろうとしていた。

かれ自身が気づきようもないことだが、かれが樋口凜のことをカワイイとおもいつめてしまう要因のひとつは、樋口凜が妹のことを溺愛していることにあった。

樋口凜の振る舞いから、樋口凜自身にむく自己愛以外の、身近な人間にたいする博愛、純粋なきもちが滲《にじ》みでているせいだった。そしてかれがそれに敏感に気がついてしまうのは、かれ自身がつねに自分の弟へのげしがたい、愛情とも心配ともつかないいいしれぬ感情を、もてあましているせいだった。

「てめえ！　ボタンにさわるなっていってんだろうが！」

と階下で声がする。弟の声である。

弟は声変わりのさいちゅうで、一日ごとに声が違う。かれがしっているよりすごくハスキーな声がひびいてきたのでおどろいた。声のかたまりが喉《のど》をかするような、オオカミの吠えるような声だ。声にのせた意味よりもずっと、声じしんの、音としてのあまりの部分が多い。ほんとうに獣《けもの》が吠えてるみたいに。

「なによ、さわってないよ」

「さわってんだよ！　このピロリンピロリンいう音が、きくたびにイライラすんだよ」

かれは二階にいて、弟が母親になにをいおうとしているのかがわかった。風呂を焚《た》く機械の電子音が弟はきらいなのだ。母親がガラケーのボタンをおすたびに鳴るピコピコの音も弟は嫌いで、いつもイライラしている。かれは気がついているが、母親はまだ充分には認識していない。何度いわれても。

「あと機嫌がいいからって鼻唄《はなうた》うたうんじゃねえ。すげえイライラすんだよ」

「鼻唄なんてうたわないでしょう」

「うたってんだよ！　いま、うたってたの。話になんねえ」

「いいじゃないべつに。そんなんならなにもできないじゃない。死ねっていってるのとおなじよ」

「そんなこといってねえ！」

「あんたがなにいってんのかわかんないの！」

「うるっせえ、わかってんだろほんとは。わかってんのにわかってないっていうんだろ、イライラすんだよ」

「わかんないわよ！　アンタがなにをいってんのか」

「うるせえ、黙れ。おなじこというな。もう黙れ、わかったから」

「わからないっていってんでしょ！」

「うるせえ！　殺すぞ」

あーあ。

ついにでてしまった。殺すぞ。いつかでるとおもっていたが、ついにでた。しかも、たかが、風呂焚き機能の電子音や鼻唄の是非を巡るくだらなさすぎる諍《いさか》いで……ちょっと早いけど、外いこ。

かれはいそいそとタブレットを準備し、リュックをしょった。階下での口汚い諍いはもうなにをいいあっているのかすらわからない、泣き叫ぶような感情が生のままぶつかってくるようだ。夜のしたにとびだす。

夜は最高だ。


「動画投稿をめざそう」

草野がくるなり、一時間ほどみっちりダンスの練習をしたあとのかれは、息をハアハアさせながらいった。

「投稿？　ニコ動とか？」

「そう。顔だしするかどうかとか、考えといて。おれはべつに、顔だししてもいいけど、いやなら仮面とか、動物の被《かぶ》り物とか、なんでもいいから演出、考えといて」

草野は、これまたきゅうなる提案、とおもいつつ、こうしてどこか相手のきもちを考慮できないかれのマイペースを、好もしくおもっていた。

相手のきもちを考える。

そうはいっても、多くは相手のきもちを勝手に想像するにすぎない。

こうして選択肢を与えられて、迫られるぶんには、だいぶいい。それに、かれにはどういうわけかNOをいいやすい、なににおいても存外に断わりやすい雰囲気がどこかにある。あとで、「いやだ」といえば、「あそう」ですみそうなところが、ふしぎとある。だから草野も、ときどき面倒だとおもいつつ、半ば強引に誘われるかたちになったこの夜のダンス練習を、つづけていられるところがあった。

ひとの醸《かも》しだす肉体の波動。一般にいわれるオーラのようなもの。草野はそれについて意識の水面下で考えながら、「いいけど」と応えた。

どちらかといえば、身体に付随《ふずい》するノイズのようなものだ。草野は考える。この星崎というまだであって四ヶ月ていどの友人には、ノイズそのものがあまりないのかもしれない。

発言なら発言で完結するし、身体なら身体で完結する。

発言外のノイズ、つたわってくる無意識みたいなの、ほんとうにはこういいたかった言外《げんがい》の不和みたいなものがない。

地方から中央に越してきた草野が日々抱える、同級生や親戚、ひいては母親に至るまでの、「ほんとうはこういいたかった」けど、「実際はこういっている」の差異、関係における相手の真意を推理する運動に、草野はつかれていた。かれのこういったある種の「ノイズのなさ」、シンプルには「他意のなさ」。もちろんいい換えれば「無神経さ」なのだけど、かれのひろやかな特質に草野は好意的になじみつつある。

「いいよ。顔だしも」

「あそう？　かるいな」

かれはたんたんと曲をかける。リピートされつづける曲のなかで、動けるときは動き、つかれたときはつかれ、相手の動きをみている。そういうコミュニケーションをここのところはくりかえしていた。

「おい、それ逆やん」

草野がかれの動きの鏡像的誤りを指摘した。

「え？　ウソ……右、左、右、左上、右上……だろ？」

「前半はそうだけど、後半はそれぼくのほう。星崎はべつやで」

「あれ？　昨日までそうしてたのに、なんかうつってた。他のひととの左右逆動画で練習してたせいかも」

かれは動きを修正。いつからかわからない段階から間違えて、かれは草野のパートを練習していた。

「そうはいってもなんできゅうに別人になるの？　おまえそういうとこちょっとヘンだな」

「ヘンか？」

「間違えるとこがヘンだな」

「なんかどっちがおれでどっちがおまえかわからなくなってた」

「いきなりひとりでぜんぶ踊ろうとし始めたのかとおもって、ビックリしたわ」

「ひとりでやってたときは気ままにふたりぶんの動きをやってたからな。そうか。ちゃんと役割をきめるということはでかい違いだな。舐《な》めてたわ。他人との境界というやつを」

「……」

少年時代をへて、思春期をとおる草野は他人にそんなあけすけな口を利《き》いたのがほんとうに久しぶりだった。対人しているときに遠慮と逡巡《しゅんじゅん》の連続で閉じている言語の扉がパカッと開いて、もっと幼かったころそうだったようなあふれだす発想の自由をひさびさにあじわっていたが、草野じしんはこの状況をそこまでスペシャルだとおもっていない。ただ目の前のダンスパートナーの発言にかすかに戸惑いつづけている。

「そりゃそうだろ。で、ぼくはその場で左・右の対称の動きでこうだけど、星崎は横にステップして距離とりながらこの振りやで。一回ターンを抜いてよく画面みながら動いてみ」

といい、草野はかれのパートの動きをやってみた。

「すげえ、草野はおれのパートも動けるの？」

「てか、逆のパートをやってたのはおまえだろ……ぼくはいまはじめて動いたわ」

「それにしては動けてる」

そのころ、おなじ公園を犬の散歩にあらわれた樋口凛がとおりかかった。いぜんもとおりかかったことがあった。夕御飯をおえたあたりで、母親は定期的に「あ！　ワンちゃんの散歩忘れてた」といい、「凛ちゃんいってきて！」というのだった。有無をいわさず。

「えー、鈴音《すずね》もいく？」

「いかなーい」

妹はえんえんコロッケをたべつづけている。樋口凛が三個たべたところを、鈴音は七個たべている。無下《むげ》に断られてもなお、凛は妹をカワイイとおもい、そのカワイイと愛《め》でるきもちがそのまま飼い犬の琴吉《こときち》にもつながり、「よし、琴吉散歩いくかー」と庭にでて、犬の頭を撫《な》で、リードをつけ、袋とシャベルを入れたスーパーの袋をもってでかけたのだった。

以前もダンスを練習するかれと彼女はすれちがっていた。

夜のにおい。

夜の公園のにおい。

夜の公園の夏のにおい。

樋口凜は外気をきもちよく吸いこみながら、「あれ、星崎と草野じゃね?」とつぶやいた。

「てか、なにしてんの」

琴吉が尻をひくひくさせているので、便がでる。樋口凜はその場にたちどまり、琴吉の排便を待った。

向うからきづかれるほど近くではなく、樋口凜から向うの動きがわからないほどとおくではなく。

かれらはその日飛躍的に振りつけが上達した。

「ダンス?　ださ」

便を周囲の土ごとすくいながら、樋口凜はつぶやいた。

かれらは樋口凜の存在にきづかず、その日はじめてふたりで振りつけをとおすことができた。ともに一ヶ月練習してきて、ようやくこまかいクオリティを無視すれば、完全な踊りを踊ることができたのである。

「やったー」

と、地味に快哉《かいさい》を叫んだのは草野のほうだった。

「一応できたなー」

あとはこまかいとこつめよ、とかれはいった。

「でももう今度でいいわ。またあした」

ひとときおり振りつけがかれらのからだに入ったこの日から、かれらは振りつけをとおしてのみ、相手のきもちの機微や、体調のよしあしがすこしだけわかるようになっていた。

ダンスをしているときにだけ、かすかな意識が通じあう、わずかな言語態を共有するようになったのだった。

いつもの河原で、つくもがみしらぬ女とボール投げをしていた。

無言で、ピンクのビニールボールを、二十メートルほどの距離間で投げあっている。

「あ」

つくもが気がついた。

「おう、きたのか」

とかれにいい、

「じゃ、きょうはこんくらいで」

と女にいった。

「はい、では、また。栄養にきをつけて、毎日ちゃんと食べてよ」

「はいはい」

河原の友だちはおざなりな返事をする。女は去った。若い。かれらとほぼ同年齢にみえる。

「え、だれ?」

「あったことない?　前にオレの、生存確認してた女」

「あー」

あの、一ヶ月ぐらい前に、とおくのほうから、

「おーい」

という声だけきこえてきた女だ。

「あんな若いんだ」

「あんな若かった。あるひとつぜん、ここまでやってきて、オレが寝てて返事しなかったからだけど……」

つくもはゴロリと横になった。ハアハアいっている。前回のときからかれは気がついていたのだが、友だちはとくになにもなくてもすぐハアハアいう。からだの動きは機敏なのだが、かれは意識のわずか外側で、友だちの病気とか、友だちの短命とか、友だちの将来とか、そういうのを「考えてしまいそう」でつらかった。まだ考えてはいない。

「そんで、この前から、ちょっとちょっと、遊ぶようになって……」

ハアハアいっている。

「てか、ビールある？」

袋にさげていたビールをかれはわたす。友だちはハアハアいっている。ビールをのむ。

「ハー。で、なんだっけ？　あそうそう、そんで、フラフープとか、あんなおもちゃのボールを投げ合ったり、無言で、えんえん……」

「てか、ちょっとかわいかったじゃん」

「そう？　そういわれると、そうかも」

「なんか、ジャマしてわるかったな」

「や、もう、二時間も、ボール投げしてたから、たぶん……」

「そんなにしてたの？」

「オレのこと、小中学生かなにかだと、勘違《かんちが》いしてんじゃ、ないのかなー。いっても、オレらのほうが年上だけどな、たぶん、高一っていってたし、でも、あの女だってたぶん、学校いってないんだぜ。聞いてないけどさ、なにも、オレは、他人の事情とかは、なにもきかないから……」

ハアハアいいながら、ビールをのみながら、友だちは饒舌。

夏の熱が蒸《む》しあがる。河原の友だちとはなしているときだけ、かれは土を、埃《ほこり》を気にしない。草のにおい。虫を気にしない。汚れを気にしないで、笑っていられる。ざわざわ風がふいた。髪の毛が濡《ぬ》れているみたいに重たい。

「どうなの？　踊りは」

「好調！　こないだ初めて通しで踊れたし」

「へー」

「もしかしたら、動画を撮ってインターネットにのせるかも」

「おー、したら、オレがカメラもっといてやろうか?」

「いいなあ」

「今度図書館で、カメラの、本、とか動画編集の本、みてみよかな」

友だちの息切れが、ビールによってか加速されている。

ポテトチップスの袋をビャッとあける。

こうしていると、ずっとこのままこうしている。

かれは時間のながれがわからない。昔も今もこうしている。これから先もこうしている。そのようなシンプルな時間のながれのなかにとじこもる。現実とか生活はそうでないことはわかる。しかしこの河原で友だちといる言語領域のなかでは現実こそがわからない。

「てかなんで、動画投稿しようとおもいはじめたの? そもそも」

「うーん」

そうして風がしずまった瞬間の水に石を投げられるように、独特のタイミングと温度感で発せられる友だちの質問にたいしてだけ、反応する意識のながれが、かれの水面をゆらゆら揺らして、はじめてことばが生まれる。

「なんつうか、踊ってるとやっぱたのしいし、ときどきだけど、すげえフレッシュな感覚になるから、これはインターネットの電波をとおしてもらった感覚だから、できるなら、おれらもインターネットをつうじてそのことへの感激や、フレッシュさ、のびやかさ？　を、返してみたくなったんだ。そう、のびやか、ひろやかのきもち」

「フーン」

友だちはとくだん関心がなさそうだったが、かれにしてみれば自分の無意識がことばになされたような感覚がおもしろい。

「奇妙だな」

友だちがいった。ねむたそうだ。ポテトチップスも三枚しかたべていない。毎回幼さにおどろくけど、今回も律儀《りちぎ》におどろく。友だちのちいささ、かるさ、幼さに。眠気にさそわれるように、つくもの体臭がかれの鼻をついた。異臭は温度に似ていた。すこしだけ熱い風を浴びたみたいに、かれの意識を滞らせる。

寝た。夏だからそのままにしておくとして、友だちののみのこしたビールをちょっとだけ口にふくみ、かれの口のなかがカッとしびれる。残りを川にながす。きょうは濃い尿の色になった。黄金色の川がさざめいた。風がつよいのだ。

残ったポテトチップスを弟にやる。先日の母子喧嘩いらい、弟は無視ぐせがついていて、伝染してかれのことも無視しがちになっていた。

「えっ」

大半のこったポテトチップスをもらった弟はビックリしていた。

「くれんの？」

「やる」

弟は制服も着替えないまま、部屋でマンガをよんでいた。マンガがすきな弟である。

「なんで？」

「おまえ、ドラゴンボールすき？」

「すきだよ。さいごのほう、グダグダだけど」

「そうなの？　そうでもないとおもうよ」

「え、なんで？　なんでそんなことききくの？」

「なんでって、なんで？」

「きもちわるい」

「それこそなんでだよ」

「てかなんでポテチくれんの？」

弟は、いまだ声変わりのさいちゅうの、オオカミの声でそうきいた。

「理由なんてないよ」

「ないことないよ」

「理由なんてそうそうないよ」

「違うわ。大人はそういうとこがわかってない」

「なにがだよ」

「あにきも大人みたいになってきた。きもちわるい、ことばにならない生きざまなんて。理由はなんにだってあるんだよ。みんな、都合がわるいから黙ってるだけだ」

「ないわ」

「理由がないっていう理由があるんだろ」

「なんだそれ。うぜえ」

「おまえのほうがうぜえ」

「……」

「ポテチあんがと」


夏休みは踊りに熱中した。

「なんかおまえら、シャープになってない？」

と阪田はいった。夏休みあけ、いつもどおりの、昼休みの時間。

「なんかしてんの？　帰宅部のくせに、やけに、腕とか」

「そう？」

草野がとぼけ、半袖からのびる二の腕をにぎにぎつかむ。かれの目からは、毎日あっている草野の腕の変化はわからない。

「おまえも」

「そう？」

とかれも真似してとぼける。どことなく顔がにやけていた。

かれらの視線のはしに、いつものように女子三人組がいる。樋口凜が、「てかさやか、なんかきょういい香りしない？」という。

「え？　うそ。なんもしてないよ。体育もなかったし」

と白岩さやか。

「えー。わたしかんじないけどな？」

青木由希奈。「凜の鼻にだけわかるにおい？」

「うそー」

くんくん嗅《か》ぐ白岩さやかは、あしたから正式に草野のことを「やっぱすき、ちゃんと、すきだ」と自覚しはじめる。

「えー。なんかすごい、さわやかな、花のかおりみたいな……」

基本的に女のこのにおいを嗅ぐのがすきな樋口凜は、白岩さやかの肘《ひじ》のあたりに鼻を近づける。弁当のにおいと嗅ぎわける、樋口凜の悟《さと》りの鼻。

白岩さやかは、阪田に水をむけられ、じぶんの二の腕をにぎにぎさわっている草野に、視線がとまっている。はなしながら、ずっとみてしまっている。そのことに樋口凜も青木由希奈もきづかない。白岩さやかだけはきづいている。草野はどことなくシャープになっているし、それ以上にきゅうに大人びていて、なんだか……

「わたし、もしかしたら……」

と、口走る。

「もしかしたら？」

と青木由希奈。いまや青木由希奈が星崎のことを「なんかいい」とおもうきもちと白岩さやかが草野のことを「なんかいい」とおもうきもちのあいだに、とてつもない濃度の差がある。

それでもまだ、白岩さやかは決意していない。

草野のことを「すきだ」と決意していない。

「もしかしたら、青春かも……」

といい、樋口凜と青木由希奈は潮がひいていって、きこえないふりをしたのだった。

「えー、ダンス？　えー、意外、意外すぎる」

と阪田はいった。箸を口のなかにいれたまま、目をぎょろぎょろさせている。

「まあまあ、上達してきたよな、おれら」

「おう。星崎のリズム感のなさは致命的だったけど、よくなってきた」

シャープなかれらは、自信にあふれた口調で阪田に応えた。だいぶ上達してきたかれらはもう自分たちの行いが阪田にばれても恥しくない。

「阪田もくる？　公園で練習してるよ」

「えー、おれはいい」

阪田は低温で応えつつ、樋口凜の弁当をたべているようすをチラッとみる。樋口凜はかれらが夜の公園でダンス練習に興じていることをしっている。かれらは樋口凜がしっていることをしらない。樋口凜にとっては、口にだすまでもないほど、どうでもいいことだ。阪田と樋口凜の目があう。阪田はへらっとわらった。樋口凜も微笑《ほほえ》みをかえした。

秋のにおい。

秋の風のにおい。

秋の風の河原のにおい。


「子どもができてん」

と河原の友だちがいった。

ふたりはひさびさにあった。

「え？　子ども？　だれの」

「オレの」

つくもはいった。

かれは、草野と練習してきたダンスがじょじょに磨かれ、成立し、そこからさらに思考をくわえ、工夫をくわえ、かれらなりのダンスに完成しようとしている折り、改めて河原の友だちに相談をして、話したことをじっくりと捉え、それを踊りに反映しようかと、考えていたとこだった。この一ヶ月半は、ダンスのことばかり考えてきた。勉強をしていても、家族とはなしていても、友だちとはなしていても、恋愛感情と性欲の関係について考えていても、体育で別の運動をしていても、すべてさいごにはダンスにいきつくような思考体系になっていた。

「いまのことをダンスにおきかえてかんがえると――」

などというような手つづきをふまえないでも、しぜんそうなっていた。この思考の手つづきをとりはずすことこそが、スポーツでも芸術でも学問でも、生きることのなにもかもにおいても、重要なのだとおもいはじめていた。

「このことを――におきかえてかんがえると、――」

という手つづきなしに、対象について考えること。それは生活を対象そのものに同体していくこと。かれのばあいにおいては、生活をダンスそのものと溶けあわせていくことだ。

「え、どういうこと？」

「だから、オレ、子どもができたんだって」

しかし、いま河原の友だちがビールをのみながらいっていることは、その思考体系を援用することができない。いまのかれにすれば、興味の対象外、本来なら本質的な理解を拒むような内容だった。なにしろかれはいま、「ダンスに集中している」のだから。ほんとうなら、たとえばクラスメイトからの恋愛相談とか進路相談とかにそうしているように、「へえ、そうなんだ、それで？」と低温で返事を促《うなが》せばいい。そうすれば話したいだけのヤツは話すし、気がつくヤツは気がつく。かれに興味がないことを。

「べつに、わからんならいいけど、そういうこと、たいしたことじゃなしという、つくもの話は、しかしそういうわけにはいかなかった。

「いやいや、え、どういうこと？　お前の子どもが生まれたの？」

「生まれてない。たぶん。おろしたから」

「え？　だれが？」

「相手が」

「相手ってだれ？」

「なんでわからんかなー。いつもくる女だよ」

「いつもくる女ってだれ？」

「えー。すごいな、ディスコミュニケーションが」

「いやいや、え？　だれなの？」

「前にあったでしょ？　いつだったか、オレに『おーい』って声をかけてきたり、ボール投げをしたり、いっしょにフラフープしたりしてた女だよ」

いっしょにフラフープは、かれの目撃した記憶のなかにない。しかしかれにはようやく悟られた。「学校いってない」らしくて、「オレらよりいっこ下ぐらい」らしい、あの女のこ。おもいだす。前回あったときはまだ風が夏で、女のこは半袖のうすいパーカーが青色で、ショートカットだった。こまかい顔だちは、夏の夕方のひかりがさしていてハッキリとはみえなかった。

「え？　え？　うそだろ？　おまえら、そういうこと、え？　やってたの？」

「やってた」

つくもからすると、うすうすそうだろうとしってはいたけれど、「実際の自分の触覚と目と耳と鼻、からだで」体験するのははじめてだった。欲望すらはじめてだった。ただ女のこと仲よくなりたかった。そのこと自体がはじめてだった。

「『妊娠した』っていわれた。オレは『わからない』っていった。『どうしよう』っていわれた。オレは『わからない』っていった。それっきり。たぶんおろした。でもほんとはどっちでもいい」

わからなくなったのはかれだ。

目の前の友だちのことがわからない。いままでわかっていたのかもわからない。考えれば当たり前のことにおもえる。目の前の人間のことがわからない。だけど、ときどきは通じあっている気がしていた。しかし、「通じあってる」という確信こそが傲《ごう》慢《まん》だったのだとおもえる。そんな点滅するような現象を、きもちの点《つ》いたり消えたりする時間のながれを、定着させようとして、「友だち」だからと、「ことばがよく通じる」からと、信じてしまう。そのことこそ、傲慢だったのかな？　かれはえんえん沈黙していた。

「なあ、どうだっていいわ。オレの子だって、ある日いわれたとしても、『あっそう』ってかんじだろうし、これからの冬のことのほうがよほど怖いわ、オレには。寒くて死にそうだし、毎年毎年。さいあく。冬は。四季はさいあく」

っていう、河原の友だち。ほんとうには、台詞《せりふ》のはしばしから、滲みでる真実と不安はあるのだろう。だけどかれにはいま、「聞きたくない」っていうきもちが勝った。まだ十六歳だから……。そんなのは不誠実だ。真実とむきあう要素がかれのなかにはない。だけど、いやおうのない不快感ばかりつきあがる。

「『なんでヒニンしてくれなかったの？』っていわれて、だけど、『いいの？』ってちゃんときいたし。あとからそんなこときかれても、こまっちゃうよな。アイツも『イイ』っていってた。何回も、何回も『イイ、イイ』って……」

河原にすずやかな風吹く。秋のにおい。

秋のいつもの季節のくるったにおい。

秋の季節の友情のにおい。

「『ほんとに？　痛いんじゃないの？　痛いおもいはさせたくない』『痛いけど……、ちょっと、痛い、けど、この痛さが、痛さが』『痛いなら、ハア、なんだか、オレはつらいけど、けど、痛いならやめよう』『大すきだから、やめないで、痛いのは、痛いのは……』」

「やめろ、だまれ」

「うーん、でもそれからな」

「やめてくれ」

「や、でもいまはおもいだしたい。あのときどうだったのか、なにが起きたのか。おもいだしたいんだ！　『きみのことが大すきだから、もっときて』『ほんとう？　オレも。オレもすき』『うれしい。もっと、近くに……』『こんなに近いよ。近い。近いよ？』『もっと、もっと、アア、もっと近くで……』」

「うるせえ！　やめろ！」

「いや、正確に……できるだけ真実に誠実に……おもいだしたいものだな。『でも、オレ、ちょっと、こわいよ、きもちい、きもちいすぎて、ハア、こわいよ』『だめ、もっと、きて、でないと、わたし、そのほうが、こわい、わたしも、きもちいい』『でも、ハア、オレ、ハア……やばいよ』『わたしも、おなじ、きもち、きみと、おなじ』」

「やめろ！」

かれは、もっていたビールの缶の中身を、河原の友だちにぶっかけた。友だちの顔は濡れて、シュワシュワと泡がはじける。友だちの若い肌の脂《あぶら》に混ざりあわずに液体は、黄金色の内側から、しろい泡が、ブクブク、シュワシュワ、はじける。友だちの髪が濡れる。

「おいー……」

友だちは髪をさわる。顔を撫でる。手の甲にシュワシュワがうつる。

「なにすんだよ！」

友だちはかれに飛びかかる。

かれは殴れない。殴り慣れてない。衝動が昂《たかぶ》っても、すぐ暴力に繋がらない。

「これは暴力におきかえてかんがえると――」

の手つづきをいちいち踏んでしまう。それでは殴れない。河原の友だちは手つづきをふまえないタイプの人間で、腹にヒザ。たのしむように、拳でかれを殴りつける。

かれは逃げる。友だちは追いかける。ようやくかれは拳をふるう。距離がでたらめだ。友だちは避ける。はかったような回し蹴りをくらわす。友だちがいつもひとりで、空にむかって練習していたやつだ。

かれはのびる。

「たすけてよ」

とつくもはいう。

「たすけて」

きがとおくなる。

だけど、失神するほどではない。かれは倒れ込んだ地面の、凝縮された自然のにおいを嗅いだ。土のにおい。痛みのにおい。友情のにおい。草のにおい。風のにおい。水のにおい。空のにおい。

家にかえる。誰もいない。

かれは、一目散に自分のベッドに逃げ込んだ。こういうとき、母親が家にいてほしかったか、弟が家にいてほしかったか、わからなかった。家族が家にいてほしかったか。

河原の友だちは体格がちいさく、力が弱いせいか、殴られたことにはそれほどダメージがなかった。ただし、最後に頭を蹴られた回し蹴り。あれが痛かった。いっしゅん、上も下も空も土もわからなくなった。

ベッドに仰《あお》むけになって、ひたすら天井をみた。いつしかぬるい涙がこめかみにながれていた。涙ごしにみる天井は、いつかみた、子どものころの悔しいきもち、かなしいきもち、わけしらぬ孤独なきもち、をおもいださせた。もう何年も部屋で泣いていないのだとそのときにきがついた。数年かけて少年から青年へとすこしずつ変わりたい部屋の雰囲気。その空気がまるごと小学生のころの部屋に戻ったような感覚にかれはなった。ノスタルジーをふくむ男子のよるべないきもち。

かれはじぶんでもじぶんがどういう感情でいるのかわからなかった。友だちが堕胎《だたい》。友だちが堕胎。しかし堕胎したのは友だちの女だ。かれにとって、これはあくまで他人事？　しかしかれが友だちに親しんでいたきもち。泣き濡れる。

関係ない。友だちは友だちにすぎず、母親にも弟にもべつのだれにもつくものことをはなしたことはない。小学校時代の同級生の境遇の謎。だけど、きもちはおさまらない。十六歳のかれがしりえる限りの良識、倫理のわずか輪郭を溶かすように、ことばときもちの境界が滲みだす。

ジワジワとそうして涙をながすかれの、「ほんとの感情」とは？

「なまの感情」とは？

かれはわからなかった。どうもからだが痛い。その痛さが、肉体からくるものなのか精神からくるものなのか区別がつかなくなっていた。だけど、かれがおもう、その唯一の執念、欲望とは、「いまのこの感情、感覚、わからなさこそをことばにしたい。表現したい」という意志。

時間がかかっても、問題から距離をおいても、本質は逃げない。かれは逃げない、と決意した。考えつづける。しつこく、どうやっても、こたえがなくても。

考えつづける……そうして神経がしずまっていき、かれはねた。からだは休めといっている。意識はさめている。からだはねむる。しかし眠りのなかでもかれは考えつづけている……感じつづけている。音楽が鳴るように意識は途切れない。きれないからだは死んでいても。意識は考えつづけている……

夜にめざめた。妙にさえざえとかれは覚醒《かくせい》した。

眠るまえのことは夢のなかのようだった。

息をいっぱいに吸うと、まさしくつくもと河原で喧嘩したことがのうみつな現実で、あとのふつうのほうが、ボヤボヤとしたうすい現実なのだとわかった。ようするに、朝起きて、学校いって、夕方かえって、夜家族と食事して、公園にいってダンスして、ねむる、その日常のほうが現実としてはよほどうすい、といううきもちになった。ほとんどかれは確信していた。河原の友だちのほうが世のなかなんだって。河原のほうが濃い現実だ。

したにおりると、「ねてた？　いくら呼んでもこないから、あんた抜きで食べちゃったけど」と母親はいう。

「あ、うん。きょうは夜めしいいや。ゴメン」

「へえ、めずらしい」

「ウン。散歩してくる」

「あんた、なにしてんの、最近、ずっと、夜出かけて、そんな遅くならないからいいけどさ」

「ダンス」

「え？」

「友だちとダンスの練習してんの」

「へえ。初耳《はつみみ》。あんたダンスなんてすきなの？」

「すきなの」

こんなにも母親とコミュニケーションが開通。

「あれ？　あんた怪我《けが》してんの？　顔」

「傷ある？」

「ある。だいじょうぶ？」

「喧嘩したの、友だちと」

「え？　うそ、なんなの？　だいじょうぶなの？」

「うん、絶交したから」

「絶交？　いまどきそんなのするの？　それでいいの？」

「いまはいい。こんどはなす」

そうしてかれはタブレットをリュックにしまい、「もう一枚着てきなさい」という母親の指示にしたがって、いつもより一枚シャツをおおく羽織《はお》り、夜に飛びだした。


「おせー」

草野はベンチに座って待っていた。

「おまえがタブレットもってこないと、音源もないの不便だなあ、いまさらだけど」

といった。

かれのからだは鈍かったけれど、意識はひきつづきさえざえしていた。

「とりあえず、一回とおそう」

そうして、いつもの公園の草と土を踏みしめて、おどった。ファニーな音楽にのるような気分ではなかったけど、かれのモチベーションはたかく、キビキビとうごく。そろそろ意識なくして振りがからだにはいっており、音が鳴りさえすればしぜん動けるようになっていた。

一回踊りをとおしたところで、「きょう、星崎へんじゃない?」と草野にいわれた。

「ヘン? なんかおかしい?」

かれは河原の友だちをおもいだした。

ドキドキした。フラッシュバックする、友だちに蹴られた回し蹴り。友だちの女の堕胎。社会、現実、河原のビール。つくもの、

「たすけて」

のこえ。

「いや、たんじゅんに、踊りがヘンだよ。なんていうか、ヘン。うん。具体的にどうこうってわけじゃないけど、ウン、やっぱヘンだった。なんかあった?」

ようすとかじゃなくて、顔色とかじゃなくて、声とかじゃなくて、踊りがヘン。

かれはそれでボロッと泣いた。

「え⁉　ゴメン。なんか傷ついた？　泣くほど？」

「や、いやー……ゴメン、いやいや、まいったね」

かれは、その場に蹲《うずくま》って泣いた。河原で友だちに蹴られたときに嗅いだにおい、みた視界をおもいだす。


めっちゃ目から水がでてた、といって、草野はポカリをかれにかってやった。

「いつか、かってくれたし、さいしょにお前の踊り、みにきた日」

かれは泣きやみ、きもちは却《かえ》ってケロリとしていた。

「そういや、そんな日もあったなあ」

そんな季節もあったなあ。あの日と温度はそっくりおなじようだった。だけど感情はこんなにも違う。

「なんかあったの？」

「なんかはあった」

けど……かれはいいたくなかった。ほんとうには、いいようがなかった。河原の友だちに起きたこと、河原の友だちに起きたことでかれのきもちに起きたこと。かれのからだに起きたこと。まだなにもかもわかっていなかった。

「うまくいえない」

なにもかも。いままでは草野の前で泣いたことだけが恥しい。

「ぼくだって、いきなり友だちが泣き崩れたらはずいよ」

「泣き崩れてねえし。泣いただけだし」

「そうなの？　コッチだってきまじいよ」

草野は、本心からいった。星崎を慮って、黙っているのが正解だと、草野の十六年の経験はいうけれど、それとおなじぐらいのきもちから、いまだけは「ほんとうにおもってること」をいってみたい。

すくなくとも、「ほんとうにおもってること」に迫りたい。かれに対しては「隠していたいこと」を極力なくして、プライドよりも「しんじつに真剣に誠実に迫るきもち」がだいじなのだとおもっていた。すくなくとも、かれらのダンスを完成させるために。

あらゆるノイズはノイズとして認識して、不明瞭な言語をなるたけのこさない。

「友だちがいきなり泣きはじめたら、コッチだって動揺する」

「そっか。そりゃそうだな。すまんすまん」

「なにがあったのかとかはいいづらいの？」

「いいづらい」

「時間がかかる」

「時間がかかるかどうかもわからない」

「なにもかもわからない」

「そう。なにがわからないのかもわからない。未知。宇宙の謎」

それでいてかれはふざけているようではなかった。ベンチにふたりすわり、ポカリをのむ。かれは「はー、ポカリあまい」といった。よくそんなたんじゅんな感想がいえるものだ。

友だちのまえで突如泣き崩れたりする、このような劇的な物語のさなかにおいても、よくそんなたんじゅんな感想がいえるものだな。

と草野はおもった。いま目の前の友だちが心を閉ざしていることがわかった。心といっては単純すぎる、「語りの勇気」のようなものを、うしなっている。それを友だちじしんの責任みたいにするのは酷かもしれない。草野は雑談につとめる。

「さいきん、前の、徳島の学校の友だちと文通してるんだけど、ていってもメールでだけど、二週間にいっぺんぐらい。けどたぶん、こういうのもいつかは途切れるんだろうなって、メールにかかれないいきもちばかり、どんどん昂っててくよ」

「へー。あの阿波踊りのひと?」

「や、踊りの、杉尾くんとは別の友だち。ことしの阿波踊りの動画、アップしてくれて、そのURLくれたんだ。阿呆連の、みる?」

「みる」

草野はコチコチスマホを操作し、動画サイトのページを読み込んだ。

「ことしもやっこ踊り、杉尾くんがおどってた」

音が鳴る。太鼓の音、笛の音、鉦の音。

前にみた動画と音質がちがう。しかし、毎年くり返される。前世も来世もくり返されるお囃子の音なのだろう。かれは最初に草野から阿波踊りの動画をみせられてから、ときどき寝る前にみたりしていて、じょじょにからだに馴染んでいく手応えを感じていた。

いちかけ　にかけ　さんかけて
しかけたおどりはやめられぬ

ごかけ　ろくかけ　しちかけて
やっぱりおどりはやめられぬ
やとさー　やとやと

「いいじゃん」

かれはいった。さいしょにみたときより、よほどすてきだとおもった。十倍も百倍もすてきだとおもった。

「杉尾少年は、ヤンキーになった。喧嘩にあけくれて、去年の秋。腕と肋骨《ろっこつ》を折られた。骨は治ったけど、冬と春はひどいウツで引きこもり、いちど自殺未遂もしたらしい。友だちがいってた。踊りに復帰できるようになったのは、ほんとに外が暑くなってからで、この動画の日から一ヶ月前ぐらいだって。でも徳島の夏はすごく暑い。東京とぜんぜんちがう。いまはもう、十月だから、この動画も、二ヶ月も前のだな」

「え？　その話ほんと？　なんか、すげーフィクション感がすごいけど」

「わからんけど、友だちがどんぐらい話を盛ってるか。けど、おれのしる限りでは、そんなてきとうなことをわざわざメールにかくタイプのヤツじゃなかったけど、でも、筆がのって適当こいたっていうことも、考えられなくはない」

「でも、かがやいてんな、ことしも、杉尾少年は……」

動画のなかで汗をひからせ、杉尾少年はお道化《どけ》てやっこを踊っていた。

「で、友だちが阿波踊りのさいごの日、連の予定をすべて踊り終えた杉尾少年にあって、互いに飲酒していたノリもあって、『草野が、向こうでダンスをはじめたらしいで』っていったらしいんよ。そうしたら杉尾少年、にっとわらって、『ほーか、したら、できたらみてやらんとな』っていってたらしいよ」

「そーか……」

木々が揺れる。

つめたい青い缶をにぎりしめ、かれはポカリをぐいぐいのんだ。つめたいままの液体が胃におちる。あまい。

「わかった。ゴメン」

「謝《あやま》らんでもいいけど」

「いや、ゴメン。ちょっと休ましてくれ。しばらく」

「どれぐらい?」

「わからん……」

草野は、かれの言語と断絶し、はなれていくてざわりを直《じか》にかんじた。だけど、それも経なきゃいけないって。そういうこともある人生なんだって。杉尾少年が人生からも踊りからも一度、とおく離れて戻ってきたみたいに。草野にはわかった。理解された。

かれがポカリの缶を放った。空っぽのゴミ箱にはいった。夜のしたに缶がぶち当たる音がひびきわたった。

「ほーか、したら、また次にな」

といって、その日はわかれた。

「さわんな、ババア！　クソ！」

と階下《した》からきこえてきた。

かれの弟のことば遣いはますます貧困に殺伐としていく。「殺すぞ」「クソが」「うるせえ」「黙ってろ」「ほっとけよ」「ババア」が頻出《ひんしゅつ》。

かれ自身経験の乏《とぼ》しいことだが、「クソババア」やそういった暴言は発話することがまずおもしろい。胸から喉から欲望がむくむくとせりあがり、しかしやはり背徳感と相手を傷つけることへの不慣れが少年性としてあり、よけいにスリルと興奮がましてゆく。口がなれてしまえば最初の快感をなぞるだけになる。陰口でとどめられることは陰口でとどめておいたほうがよいかもしれない。かれ自身は中学二年のときに、友だちに「アノムノウ、センコウ」と陰でいったときのきもちよさをおぼえていた。「あの無能（な）先公」の意である。

母親のほうでも、時折りの「あんたなんて」「生まなきゃよかった」があり、かれの生活を脅《おびや》かすストレスとして膨《ふく》れあがっていった。

かれと草野は、それぞれ自己練習することで互いの踊りへの理解をふかめよう、という結論にいたった。おもしろい踊りの動画や、参考になりそうなネット記事などを送りあい、文字で意見を交換したりはしたが、実際にあって踊りについてはなしたりはしていない。

あんなに泣いた理由を草野にはなせるようになるまでは。とかれはおもっていた。河原へはあれからいっていない。

弟は怒り泣きしながらあがってきた。かれは部屋のなかで踊りを練習していて無視。弟は自室に籠《こも》ると、ギャースと叫んで、マンガをドアに投げつけた。階下から母親の「うるさい！」がきこえる。とめどないヒステリックのながれを、どこで断ち切ろう。

弟は背がたかくなった。かれの鼻のしたにあたまがくる。ときどき驚く。骨と関節がギリギリきしんで、社会に適応するための準備をはじめているのだろうか？　かれは弟がうらやましかった。こんなふうに片親に反抗できるなんて。まっとうの予備軍だとおもわれた。

河原の友だちが教えてくれたように、反抗期は健全な自立へのたすけとなる。かれはこのごろ、「成長」を逃したじぶんは自我が「成熟」することなく、「社会に適応できない」かもしれないと、根拠なきふあんに苛《さいな》まれていた。河原の友だちの堕胎が原因だった。だけど、いずれ点灯する赤信号が、はやめに点滅しはじめただけなのかもしれない。

じぶんの「健全」をこんなふうに疑うなんて。

かれはなんとか踊りの振りだけ追いながら、無為な将来不安を募《つの》らせた。踊りの練習なんてせずに、勉強すればいいものを、そんな最短距離こそがもっとも不毛だとおもえてくる。この不明瞭な情緒はなんなのだろう？　不鮮明な……。弟がマンガをつぎつぎドアにぶつけている。

「うるせえんだよ！」

かれは壁にむかって怒鳴った。こんなふうにかれが感情を外にぶつけるのはまれだった。すくなくとも、この一年にはなかったことだ。階下の母親にもきこえただろう。それぐらい久々に、大声をだした。

「いい加減やめろや!」

壁をドン。久しぶりだったので、うまく声が伸びてゆかない。おおきな音をだすのは力ではない。全身を楽器のようにして、脱力しなければならないと音楽の先生はいっていた。


「ガキじゃねえんだよ!」

今度はうまくいった。壁がビリビリふるえるような心地がした。

「外でやれや!」

窓がガタガタいった。風が部屋から廊下に吹き抜ける。

弟の部屋はそれでしずまった。


三十分ほどすると、今度は弟のさめざめ泣く声がきこえた。

もうすぐ十三歳なのに。

泣くとかわいそうにおもう。かれは踊りを練習しながら、あのかわいかったころの弟のことをおもいだした。かれの腰のあたりをつまむ、ちいさな手。じぶんもちいさかったのに、こんなちいさな生きものが幼稚園だの小学校にはいって集団行動をおこなうなんて「かわいそう」で「まもってあげたい」と、おもったのだろうか……。子どものかれのからだにこごもった、ことば以前の領域において？　かれはぼうっと振りをこなしながら、考えた。

自分が忘れているだけで、考えたのかもしれなかったこと。

何十万語の家族のせりふ。

ずいぶんあとになってからわかる弟の語彙。

またしばらくすると、すうっとドアがあき、泣きおえた弟がえへへと笑っていた。

「さいきん、あにき、夜でかけないね」

という。

「ノックしろや」

「した」

「きこえんわ」

かれはながしっぱなしにしていた音源をとめた。

「『のき』にいく？」

かれはいった。「のき」というのは、弟の部屋の窓外にわずかだけあるベランダの、屋根の軒下にあたるぶぶんのスペースで、子どものころは兄弟ふたりでなにをするでもなくそこにでて、お菓子をたべたりしていた。もうそんなことはしない。かれは久しぶりにおもいだした。

「いく」

どういう建築的コンセプトなのだかわからないが、弟の部屋の窓をあけ、壁を跨ぐとそのスペースはある。木でできているが、洗濯物を干す引っかけもないし、布団を日にあてるにも一枚しか干せない。用途がない。体重が三十キロを超えると「あぶないからでるな」と母親にいわれていて、かれが「のき」にでたのはじつに五年ぶりだった。そのときはナントカ流星群がでるからといってでたが、さむくてくもっていてみえず、グズグズした記憶しかのこっていない。

久々に弟の部屋に入る。ちょっとなにかを貸すとか、ちょっとなにかをたずねるとか、そういう用事なしにからだまるごと弟の部屋に入るのは久々だった。

部屋が汚い。しかしこの汚さはどこか解放感があり、自分のように「青年ふうのけがれ」というのがまだないなあ、とかれは弟の部屋にかんして考えた。たんじゅんにエロだけではないけれど、エロをふくむ雑多なけがれがない。

「のき」にでた。木がミシミシいう。スリルが相まってすこし気分が昂揚した。

「つめて」

「つめてる」

先に弟が「のき」にでたのだが、弟がふざけているのかとおもうぐらい空間がなかった。

「もっとつめて」

「もうつめらんない」

うそだろ、とかれはおもった。いまの弟のからだはこんなに場所をとるものなのか。記憶とぜんぜん違う。子どものころ身を寄せあってもあんなにあまっていた木の部分が、まるでない。

「あの、かわいかったころに、もどって」

とかれはいった。

「はあ?　きこえん」

「とにかく、もうすこし奥にいって。斜《なな》めになって」

弟はちょっと柵にもたれかかり、斜めになった。おもいきって窓枠を乗り越えた。

弟の肉が間近にあってきもちわるい。

「ふとった?」

「ふとってねえわ。痩せてるほう。背の順でも前のほうだし」

「まだ女子のほうがでかい?」

「まだ女子のほうがでかいかな、まあ、一部をのぞいて」

「チビか」

「おまえもチビだろ」

「おまえっていうなし。おれは小学一年生のころから、ちょうど真ん中のおとこだ」

かれはいった。

「かしたべる？」

と弟はいった。ポケットからチョコのようなものをだした。

「いらねえわ。溶けてそう」

「は？　溶けてないし」

弟はたべた。

「でもおれ、声変わりははやいほうらしいぜ」

「ああ！　そういや、低くなったなー」

「そうでしょ」

「ぜんぜんかわいくなくなったな」

「そうかもな」

弟はへらっと笑った。

「ぜんぜんうまくできん」

そうして、夜をみた。

「おれはぜんぜんうまくできん」

弟は弟なりに、自分が反抗期のさなかにいることがわかっているのだと、かれにわかった。それだけで、充分なのだとおもった。歯にチョコのようなものがついていて、きもちわるかった。子どもと少年と青年が混ざっていた。


「ギリ月末までだよねー」

と樋口凜と白岩さやかと青木由希奈ははなしていた。

彼女たちは弁当をたべる場所のはなしをしている。

風がいくぶんつめたくなってきた秋の校庭のにおい。

シートに尻を三つ寄せあい、こうして昼をたべるのもこの十月いっぱいだろう、と彼女たちははなしあっていた。

そのような彼女たちの共有意識としての思考をひとつ走らせながら、樋口凜は個人の思考として、週末のピアノの発表会のことを意識の低層でかんがえている。

妹はピアノの発表会のために、根《こん》をつめて練習をしていた。昨日は夕食もろくにとらず、ケーキを頬ばりながらピアノにむかっていた。痩せたい。しかしはげしい練習に糖分は要る。時間は惜しい。そのような錯綜《さくそう》した思念が絡みあった結果、妹は支離《しり》滅裂《めつれつ》な食行動に走りながら、はげしくピアノを叩きつづけた。もう曲は仕上げの時期だが、ミスなく完奏できるのはまだ、十回に一回程度なのだという。

「ことしはそれぐらいハードルのたかい曲を」

用意してきたのだからしかたない、と妹はいう。

樋口凜は昨夜のその光景をおもいだし、うっすら瞳を湿らせた。あんなにかわいいわたしの妹。クリームを口のはしにくっつけながら、シューマンを練習していた姿。とてもかわいい。あんなにかわいい生きものは他にいない。

樋口鈴音がことし準備している曲はシューマンの「飛翔」。毎年の発表会でトリをかざるようなテクニシャンが、こぞって披露している、いわゆる「発表会曲」のひとつだ。樋口凜は妹がそこまでの高みに登りつめたことをしめすプログラムをまじまじ眺め、じいんと胸がふるえるおもいを抱いた。

いっぽう、昼の学校で弁当を食う彼女たちは、「冬の場所どうしよっかー？」とはなしあっていた。十一月以降に昼食をとる場所である。

「まあまだきめなくてもいいけどー」

というは青木由希奈。

「あいつらどうすんだろうね」

というは白岩さやか。あいつらとはいつものように視線の先で昼食をとっている、阪田星崎草野のトリオである。

そのときに樋口凜と青木由希奈は完璧にさっした。

さやかはできるなら、というかほぼそうする以外選択肢はないほどの情熱で、十一月以降も草野と、草野星崎阪田の関係を眺めていたいという欲望を、そうと自覚しないまま燃焼させている。

「ねえ、あんたたちさむくないの？」

と樋口凜は阪田にきいた。五時間目のおわった休み時間、教室内は昼飯がぐあいよく消化されはじめている高校生たちの喧噪がその日の最高潮に達しており、きわめてにぎにぎしい。騒ぎに紛れて、樋口凜は阪田の席の横にすすすと移動し、はなしかけたのだった。

「え？　さむくねえけど」

「いまじゃなくて、ランチのとき」

「ランチ？　ああ、めしのとき？　べつにさむくねえけど。あんたたちってだれ？」

「あんたと星崎と草野」

樋口凜は相かわらず、気軽に喋れる男子を阪田以外に設けられないまま、もうこのクラスでの生活は半年を越えた。草野のことをはなすときに赤くなり、露骨に口数のへる白岩さやかの恋心と、じぶんの恋心では明確に種類が違う。樋口凜はこうして気軽にはなしかけられる阪田になんとなしの好意をもったまま、そのきもちを「好意」いがいのなんの感情へも変化させることなく、高校生活を終えるだろう、と予測していた。なぜなら「好意」の上位互換とおぼしき「恋」、ひいては「愛」「恋愛」となってくると、人間関係の膠着《こうちゃく》、ままならない性とからだの関係、とめどなく昂り制御不能に陥る感情の暴走、などをもてあまし多大なストレスをこうむることは明白だからだ。

「なんで？　さむくねえだろ、だれも」

「外でパン食べてたら、いつまでも食べてたらそのうち寒くなるでしょうが」

「パン食ってんのは星崎だけだし」

「どうでもいいわ。寒くなったらどうすんの？」

「考えたこともない」

樋口凜はモヤモヤした。なぜ考えないのだろう。なぜすこし先の未来のことも、男子は考えないのだろう。それに暑い寒いにかんしてもかれらは鈍感すぎている。年中スカートの自分たちを棚にあげて、樋口凜は憤った。

「考えて。あと、週末ヒマ？」

「は？　わけわからん。ヒマだけど」

「ピアノの発表会いかない？」

樋口凜が誘ったのは阪田だが、当日待ち合わせ場所にやってきたのはかれ、星崎だった。

阪田は気をつかった。

「樋口とふたりきりになるチャンスじゃん！」

かれにとってみればそんなことより、なぜ阪田が樋口凜に誘われたのかということのほうが気になった。うすうすとは感じていたが、かくじつに樋口凜はじぶんより阪田のほうをすいている気がする。

しかし樋口凜からすれば、どちらでも大差ないのだった。

「なんで星崎くんなの？」

といいはしたものの、とりあえず男がきてくれただけマシとおもおう、と自己解決した。

「なんでっていわれても……」

なんで？

それこそがかれの疑問だった。なぜ樋口凜は妹のピアノの発表会に、阪田を誘ったのだろう？

連日ピアノの練習をしている妹を眺め、樋口凜は彼女の無意識を読んだ。

「おねえちゃん彼氏いないの？」

「いないよ」

「なんで？　おねえちゃんブスじゃないのに」

「失礼じゃない？」

「ボーイフレンドぐらいいてもいいのに」

「いないよ。モテないし」

「努力しないからだよ。すくなくとも鈴音よりぜんぜんカワイイのに」

「そんなことない。鈴音よりカワイイ女のこなんてこの世にいないよ」

「はいはい。またいってる。そんなことといってんのお姉ちゃんだけだよ。恥しい」

「恥しくなんかない。真実だもの」

「あーあ、わたしにも好きな男の子ぐらいいたら、もっとピアノがんばれるのになあ」

「いないの？」

「いないよお」

「鈴音だったらだいたいの男のこがほっとかないでしょ」

「はいはい」

だいたいこれと同様の会話を、ここ二週間で五度はした。そのうちに樋口凜の意識に、妹の意識がながれこんでくる。ははあ、これは思春期とおぼしき王子様願望のめざめ、異性に自分をみつけてもらいたいという欲求、それがたやすく叶わないならせめて、「姉のボーイフレンドにでも自分の演奏をみてもらいたい」という夢想をはかっているな。

その願望じたい、樋口凜にも樋口鈴音じしんにすら意味不明のものだが、なんども姉妹で会話を重ねた結果、半ば持ち主の不明な欲望はふくれあがるいっぽうで、樋口凜はなにげなく阪田に、「ピアノの発表会いかない？」と誘ったのだった。断られるならそれでもよかった。しかし阪田は「いく」といった。それできたのは星崎だった。樋口凜はどうでもよいとおもった。

シューマン幻想小曲集 op.12-2「飛翔」。

発表会の定番曲なので、かれは小学生からプロまでのその演奏をひととおり動画サイトでみておいた。「飛翔」という標題がしめすとおり、音の跳躍《ちょうやく》がはげしく水平方向のハネがきわだつのだが、じつは同時に湖面に風のめぐるようなランダムのながれもあって、技術の差がきわめて目につきやすい。シューマンにあるべき夢と幻想のあわいを音にするなら、難所をいかにも難所らしく処理してはいけない。そうして飛翔を技術的難度にたいする隠喩《いんゆ》にとどめてしまわず、時間と空間を超越したがったといわれる作曲当時のシューマンの人間精神にまで拡張してゆくことが求められている。

演奏速度指示は「きわめて速く」。

うまい演奏ほど、椅子の調整からはじまる下半身から上半身、腕から指先まで繋がる鞭《むち》のうねるような、舞踏《ぶとう》めいた動きがあることに、かれはきがついた。そして、それが難所でつまずき間をとってしまうと踊りとしても演奏としても、聞いている側の意識としてもブツッと途切れてしまう。

樋口鈴音の腕といわず肩の脂肪《しぼう》までもがたぷたぷ揺れている。それだけ、全身のバネをつかって技術的跳躍を多方向へのながれと共存させている証左《しょうさ》であった。

かれは感激した。ひとの運動神経はすごい。指先からつながる。腕の上げおろし、肩のやわらかさ、背筋の固定、全身の弛緩《しかん》、そのすべての要素がまざりあって、いま音楽がつくりあげられている最中なのだと。「最中」なのだと、すべてはつくりかけられている状態でさしだされている。楽譜の段階ではまだ完成していない音楽が、こうして壇上のすぐれた肉体の運動によって、「最中」が「完成」につながっていく。

だけどさいごの一音が奏でられた瞬間に、「完成」がまた「最中」にもどる。

音楽は聞いている最中にしかない。

瞬間瞬間をひとつの音楽の時間と錯覚させるような。

取り出し不可能な「運動」なんだ！

妹の達成によろこぶ樋口凜のとなりで、音楽の達成にひたすら感極《かんきわ》まるかれがいて、ふたりはともに喝采《かっさい》をおくった。横にすわっている樋口凜の母親は驚いた。娘の名演をきいてその生長をおもい感慨ぶかい母親をさしおいて、掌《てのひら》がはちきれんばかりの拍手をおくっている長女とそのボーイフレンド……。

樋口凜はかれのことなど眼中になく、真先に演奏をおえた妹の元へ駆けつけた。

「よくやった！　わたしはあなたを誇りにおもう」

をつたえにいった。

樋口鈴音の演奏はトリだったので、写真撮影を残すだけの客席は退いた。ひとりロビーにてシューマンの感動にひたるかれ。音楽でこんな衝撃を与えられたのは、はじめてだった。

音楽鑑賞の授業なんて、完全にねむっていたけれど……

指の動きがみえる良席で「見て聞いた」音楽はすごかった。

ロビーにてぼうとしていると、樋口家の母親がやってきて、「おつかれさま」とはなしかけてきた。手にあたたかい紅茶の缶をもっていて、それをかれにわたした。

「お腹空いてない？　あの子にもたされてたチョコもってるけど、食べる？」

樋口家の母親は、娘ふたりを授《さず》かったので年ごろの男のこがややめずらしかった。

これから先は、娘の男友だちとあう、こんな経験もふえてくるのだろう。親の欲目であることはわかっていても比較的器量のよいほうだとおもわれる長女だが色恋に露骨に不快感をしめす。まだ未熟なのだろうがこの男、娘のことをすいているのだろうか？　みている限りではわからなかった。

「いいえいいえ、どうせヒマだったんで……」

かれはチョコスティックを貪《むさぼ》り食った。力の限りの拍手をしつづけたせいか、空腹だった。そうして無言ですごす。かれには逆に女子の母親がややめずらしかった。

「あの……、いいんですか、写真撮影とか、妹さんのなんか……」

「ああ、いいのいいの。毎年きてるからながれわかってるし。どうせあと十五分ぐらい会場で待たされんのよ」

「そうなんですね……」

「もっと食べる?」

二本目のチョコスティック。かれは無言で受けとってビニールをビャッと破った。

ふたたび、やや無言。

「妹さん、ピアノ上手ですね」

「ああ、ありがとう。きょうはなんかすごくうまくいったね。練習でもあんなにうまく弾けてなかったし」

「ピアニストになるんですか?」

「まさか」

「音大にいくとか」

「そんなお金ないよ。そもそもそこまでじゃないよ。あのこの実力」

さめているな、とかれはおもった。あと話しやすい。

「そうなんすか。ウチはいま弟が反抗期で」

「反抗期?」

「ろくになんにもしてないのに意識だけは一人前に大人だから、ウザいっすよ」

「ふたり兄弟? いくつ?」

樋口の母親は、男兄弟というものがさらにめずらしかったので、興味をもった。

「ふたりです。弟は十三」

「男の子の反抗期って、どう? ウチはもう、無視とか門限破りぐらいだけど、それだと随分かるいほうらしいね」

「ウチはもう、暴言。母親にたいして」

「暴言かあ。ババアとか?」

「ああ、それは定番レパートリーっすね」

「まあしょうがないんだろうけどね」

「滅入《めい》るっす」

「あなたはないの? 反抗期」

「ないっすね」

「反抗したかったみたいな口ぶりだね」

かれは、ジロと樋口の母親をみた。敏《さと》い。女子の母親っていうのは皆こういうものなのだろうか？　ロビーにぞくぞくとひとが集まる。カサカサと衣擦《きぬず》れする少女のドレスの生地にひかりが反射する、緑や青色のグラデーションが、幼稚園のころにしたセロファンを用いたステンドグラス制作の郷愁《きょうしゅう》をかれにあたえた。

「そうかも。反抗、うまくできないから」

「わたしが娘を産んだとき、夫が反抗期みたいになっちゃって困ったな。凜が産まれたあとのほうが服とか脱いだら脱ぎっぱなしで、そういうのって半ばわざとやってるみたいだった。子ども扱いすると、わざと反抗するのね。なにをいっても口応えしたりして。コッチも母親面して接してるのがわるいんだけど。結婚してすぐ身ごもったから、ついちょっと前まで恋人どうしだったのに、きゅうに母親になったもんだから、お母さん面するんじゃねえって、イライラしたみたいよ」

「へえ、そういうもんなんだ」

「そう。だからね、温度の違いがあるだけで、反抗期なんてずっと反抗期なのかも」

「そういうもんかなあ……」

かれにはやや腑《ふ》におちない。

「そうやって社会性を獲得していくものなのかな……」

とひとりごつ。沈黙。きゅうに、先ほどの演奏の感動がよみがえり、目のふちがしめった。

「あの、もういっこきいていいですか？」

「どうぞ」

「もしもの話だけど、もしも。ほんと、失礼だったらもうしわけないけど」

「うん」

素直に打ち解ける娘の男友だちに、樋口母はかんぜんに好感をもった。つぎの台詞をきくまでは。

「もしも、娘さんがみしらぬ男の子どもを身ごもって、勝手におろしてしまったら、どうしますか？」

「それ、だれのこと？　お友だちって、だれ？　ほんとに？　女の子は？」

それからは、なんど「女の子のほうはしらない人です」といっても、納得されないようだった。すべて、かれと自分の娘のことと仮定してとらえてしまい、事実はかけ離れているとあたまではわかっていても、ある種の亡霊が意識から離れない。

「ほんとに？　絶対に？　もし、それがほんとうなら、あなたのご両親に相談しなさい、わたしじゃなく。ほんとうに、しらない女の子の話なのよね？」

かれはだんだん面倒になり、「はい。あなたの娘さんじゃありません。ぜったいに」と応えた。そこでタイムリミット。写真撮影に参加される演者の皆様、壇上にお集まりください、ご家族の皆様におきましては……のアナウンスが会場にひびいた。樋口母はかれの目をじっとのぞいたまま、会場に戻る。かれは混乱ののちにグッタリ疲弊《ひへい》した。

ことばの扱いを間違えた。それは単純なミスにすぎないもので、話せばわかる、とりかえしのつく過ちなのだとおもっていた。でもそうじゃない。一度コミュニケーションが通じあったからこそ、その後の迂闊な発言が看過《かんか》されず、重大な断絶にいたってしまうのだ。

かれはグッタリとホールの待ち合い室に設《しつら》えられた、ふかふかしたソファーに凭《もた》れた。ことばにすると、悩んでしまう。だれかれかまわず大人に助けを乞《こ》いたいほどに、河原の友だちのことで悩んでいる現実に、かれは直面した。

無神経な発話こそ、見過ごせない本質と響きあう。ふかく悩んでいることの発露は、日常にそぐわないかたちであらわれてしまう。だからこそ悩むのだし、だからこそ解決しない。悩んでいるときのことばは、悩んでいないときに形成されて、悩んでいないときのことばは、悩んでいるときに形成されて、その両者は往《い》き来《き》しない。交通できない。ぜんぜんべつのことばで考えてるからこそ、悩むんだ。

しばらくすると樋口凜がウサギの目でやってきて、「きょうはほんとありがとう。駅までおくるよ」とわらった。妹の達成がしんからよろこばしいのだと、かれにもわかった。

「おかあさんとなんかはなした？　様子がへんだったけど」

かえりみち。駅まで二十分の道の途中で、樋口凜はおずおずとかれにたずねた。涙の道がつくられたあとの頬がかわいいて周辺のうぶ毛が浮きあがってみえる。黒目が滲んで、外界と溶けあうようでとてもカワイイとおもった。だけど、いまのかれは樋口凜のかわいさにそこまで感動できない。河原の友だちのことを不用意に他人にはなしてしまったことで動揺していた。

「ホールに残ってなさいっていってきつめにいわれたけど、退屈だし無視してでてきちゃった」

「や、友だちがしらない女の子を妊娠させちゃったみたいで、ちょっと……」

「え？」

「や、おれじゃないって、おれじゃないんだけど、おれみたいに聞こえちゃったみたいで……」

「えー！　そんなこと話してたの？　いつの間に？」

「なんか、おもいあまって、ロビーで、つい。誤解はといたとおもうけど、自分の娘のことだとおもっちゃったみたいだから、なんかきかれたら、すっごい真剣に否定しといたほうがいいよ。茶化さないで。マジに」

「危なーい。そんで、星崎くん女の子を妊娠させちゃったの？」

またか。こういうときことばどおりにうけとってもらえないのは、この世界でのセオリーなのだろうか？

「ちがうって。友だちだって」

「友だちって、阪田くん？」

「ちがうよ。おまえ、阪田とつきあってんの？」

「え？　つきあってないけど。なんで？」

「だって、きょうほんとは阪田のこと誘ってたんだろ？」

「ああ……それは……」

説明できない。いまとなっては樋口凜は、なぜ阪田を誘って現実にはかれ星崎がきて、こうしてクラスメイトの男とふたりで妹のピアノの発表会をみた帰りに、駅にむかっているのかわからなくなっていた。妹のことを励ましたくて、姉にもちゃんとボーイフレンドぐらいいるんだよってみせたくて、それで……。しかし妹はほんとうにそんなことを望んでいたのだろうか？　わからない。いまとなっては。樋口凜にも樋口鈴音にも、過去の願望がほんとうにあったものかどうかもわからない。

「なんか、応援？　ひとが多いほうが、妹もがんばるかなって」

それが唯一、そのときの樋口凜が応えられたことだった。

支離滅裂だと樋口凜はおもった。だが、かれには程よくつたわった。ようするに、妹をおもう一心で樋口凜が阪田を誘い、その役がかれにまわってきたのだとわかった。これは誘われたとおりに阪田がやってきたらつたわらず阪田をへんに勘違いさせる結果におわる宿命にあった想念だったので、恋愛ごとに関心のうすい樋口凜にとってはまこと好都合だったといえる。

「そっか、そうなんだな。妹のことがかわいいんだな」

「わかる？　めっちゃかわいいでしょ？」

「う、うん……。おれも弟いるから、ちょっとわかるかも」

「そうなの？　あ、話かわるけどさ、星崎と草野ってダンス習ってんの？」

「え？　なんで？　習ってないけど」

「あ、ちょっとまって！　携帯。電話だ。お母さんから！」

そうして樋口凛は「もしもし」といいながらスルスルとかれから距離をおく。そのとき丁度駅に着いた。なしくずし的に、手をふりあってわかれる。かれはモヤモヤした。ダンスを習っていることは否定してしまったが、ダンスはしている。しかし樋口凛はなぜしっているのだろう？　だれからきいたのだろう？　無為な推理を一日じゅう組み立てるはめになり、けっきょくその後学校でもうまくはなせず、樋口凛との交通はその一日にだけ発生する特殊な磁場のなかでしか開通しないたぐいのものだったのだと悟った。かれはいまだ樋口凛にふつうの恋をしていた。彼女が妹を愛するところ。かれにはコロコロふくふくとした印象いがい音楽しかのこっていない。だけど樋口凛が妹をカワイイという。そのようすこそがもっともカワイイとおもえた。

杉尾くんは暑い季節がおわり、金木犀《きんもくせい》のにおいの風がふき、温度がぬるぬると秋から冬にかわってく季節の変わり目にまた派手な喧嘩をしたあと寝込み、ウツにはいったという。ひきこもっているという。今回はでかい怪我をしたなどのからだの不調がないぶん、よけい精神の不調があかるみにでた。

徳島の友だちからきたメールには、そういった内容がかかれていた。草野はそのメールの内容を数日あたまのなかで反駁《はんばく》したあとで、

〈でもまた、暑くなったら復活するのだろうとおもいます。杉尾くんのことだから。さらに来年の夏に、華麗に、つよく、うつくしく踊るのだろうとおもう〉

と返信した。

しかし、モヤモヤするものはのこった。踊りと喧嘩に精力のすべてをそそぎこみ、鬱《うっ》にこもってでてこなくなる杉尾少年の九ヶ月。本人はそれでいいのかもしれない。しかし杉尾少年にとって若きを生きるということはそんな濃密なメリハリのくり返しに陥る宿命なのだろうか？　もうすこし稀釈《きしゃく》された人生を、安定した日常を慈しんでもよいのでは？　暴力衝動やうっくつした体力のあまりを暴発させずにすごす、潔《いさぎよ》い高校生活はほんとにむりなのだろうか？

しかしそんなのは勝手な押しつけにすぎない。だからこそ草野は無力感に打ちひしがれ、自分の生活をリズムよくおくるしかない。

草野と星崎阪田をふくめた三人は、新校舎の階段で昼をたべている。二年五組は旧校舎二階の端に位置し、実験室や音楽室、部活棟へとつづく新校舎との境目にある。新校舎への渡り通路は二階にしかなく、校舎をわたった場所にある階段はひっそりし

ていて、昼時間には一挙にひとのすくなくなる穴場といえた。かれら三人にとっては最善でもあり冒険のない妥協ともいえた。相かわらず三人はクラスの輪に溶け込めないでいる。

三人に共通する性格として、マンガをよんでいるときなどに、いきなり「なによんでんの？」と声をかけられるのも苦手だし、マンガをよんでいるクラスメイトに「なによんでんの？」と声をかけるのも苦手だった。両者には似て非なる境界があり、両者ともに抵抗がないのならスター生徒となりうるし、後者ができるだけでも愛されるトップクラスメイトの素質あり、前者が得意ならマスコット的にクラスに溶け込めるポテンシャルあり、しかし両者ともむりならクラスの輪にははいれない。ヒエラルキーの内側にすらはいれない愚鈍な存在と成り下がるのだった。

だから三人はどうしても教室で昼を食べたくない。これはことばにする意義もない、三人にとっては息をするよりもとうぜんの共有意識だった。

三人はどこか呑気《のんき》だった。文化祭だテストだ合唱だというイベントも、シースルーのようにそこにいて、特筆すべき描写事項も発生しない。それぞれの生に付随する言語は、クラスという集団にほとんど属していないのだった。

高校生なのに、高校という社会よりはまだまだ家庭に根差した思考に比重のかかっている、そんなだれにもしられない特徴が三人にはあった。しかしこういう生徒はべつだんめずらしいものではない。そういう特徴を特徴として描出されないだけで。

それは樋口凜と青木由希奈、白岩さやかにも共通した特徴としてあり、女子三人もけっきょく冬の昼食場として新校舎階段の踊り場を選択した。男子三人と女子三人は、顔を合わせないが声は聞きとれる、そんな場所におさまっている。

これにあたって阪田と樋口凜のあいだに、「昼めしの場所、真似すんなし」という幼稚なやりとりがあった。

「は？　マネ？　なんのこと」

「おれらが新校舎の階段に移動したから、おまえらもそうしたんだろ？」

「違うし、すごい勘違い。ダサ」

「それいがい考えらんないだろ」

「はなはだしい。思いあがりも」

両者ともに、そもそも教室で昼をたべたくない、というだけの本心を口にしないので、どうしてもうわすべりぎみの会話になる。

樋口凜と青木由希奈は白岩さやかに気をつかったつもりだった。このところ草野への恋心を露骨に吐露《とろ》するようになったさやかに配慮して、樋口でも青木でもないどちらからともなく「新校舎でお昼たべない？」と提案したのだった。

白岩さやかじしんはそうと気づいておらず、「二人がいうなら」と得心した。

星崎と草野は口にはださないが、「阪田が女子三人の声をききながらめしをくいたいのだろう」と阪田のせいにしていた。

阪田のなかでは発表会の件いらい多少視線を交わすようになった樋口凛と星崎に対し、スマートな気を利かせたつもりになっていた。


冬のにおい。

冬の河原のにおい。

冬の河原の雪のにおい。

十一月のなかば、その日関東で異例の大雪がふった。三十年ぶりらしい。大寒波が季節をかん違いしたかのように到来、ついでのようにしろい塊をどさっとふらせたみたいだった。

かれはそのニュースを前日からしっていた。

だが河原の友だちはしらないかもしれない。

かれはやきもきした。河原にはもう一ヶ月以上いっていない。外はもうすでにだいぶ寒い。布団にくるまりながら、かれは河原の友だちの生命について心配した。そこから延長して、つくもの子どももかもしれない存在のこと、生まれたかもしれない子どものこと、死んだかもしれない子どものことについて考えた。足先がつめたい。爪先で布団をたぐりよせ、じっとしている。明け方には予報以上の積雪がみられた。それでも飽き足らずふりつづけていた。気温は零度を切っていた。

かれは五時に起きだして、河原に走った。いてもたってもいられなかった。傘をひらき、つもった雪に足を突っ込みながら、ひたすら走る。世界でいちばんの足跡がふかくかれの息切れのあとにのこっていった。

ひらいたすすきの穂にしろいひかりが透け、雪は川原にふりつもる。足は丸ごと雪にささった。足首のあたりまでめり込んで、ズボンの裾《すそ》が濡れた。足がつめたい。感覚がない。すすきの倒れた道をかきわけてすすむ。

河原の友だちはいた。寝袋に包まれ、バスタオルを何重も顔に巻きつけ、死体のようになっている。河原の友だちにも雪がふりつもる。

「どうして……」

かれはかなしみに暮れた。どうしてこんな日に外で寝ているんだ。

せめてこんな日ぐらい、心配するひとに配慮して、屋根をさがしてくれればいいのに、と憤った。まして、つくもにもかえる家はある。こういうときぐらい、かえってくれてもいいじゃないか。でもそれは、自分の勝手な都合にすぎないのだとわかっていた。つくもはこうしたくてこうしているだけなのだから、心配するだけならまだしも、勝手に憤るのは余計なお世話かもしれない。

現実に、目の前に友だちはいる。かれは声をかけられない。ねむっているかどうかもわからない。寝袋ごしにおそるおそるさわる。生きている。重ねられたタオルの隙間から、スウスウと心やすい息が漏れている。

ねむっている。ふくふくと呼吸で腹がふくらむのがわかる。随分穏やかだ。ながくさわっていると、あたたかい、熱いといってもよいくらいの熱がこもっている。友だちの生きる熱が。

だいじょうぶか？

とかれは声をかけられない。

これは友だちの贖罪《しょくざい》だろうか？　友だちがしてしまったこととこれは関係ない。自然に生命を脅かされることが、人間の悪行をあがなうことになって、たまるものか。

これはただ生きることのつらさである。だれにも平等につみかさなる、根源的な生きることへの困難が、友だちの十六歳のちいさい身にいっとき過剰にふりかかっているだけ。

友だちはきょう一日、たださむさを凌《しの》ぐだけでなにもしない、なにもできない時間を耐え抜くのだろう。

そのときかれが感じたのは、否応のない嫉妬《しっと》心だった。ぜったいにこんなふうに生きたくない。生の向こう側の時間をひたすらに耐える河原の友だちにたいし、いわれのない羨望をおぼえた。「こんなふうには生きられない」の極致にいる友だち。かれの「生」の彼岸《ひがん》にいる友だち。

まるで舞台のうえのスターに声援をおくるみたいなきもち。

かれはたすけず、もっとくるしめ、と呪いをつぶやいてそこをあとにした。

友だちがしてしまったこと、女のこに子どもを堕胎させたかもしれないこと。もっともっとくるしんでほしい、とおもった。そうしてかれ自身もみずからの疾《やま》しさを自覚して、友だちのぶんもなにかを憎しみたいとおもった。

いちど友だちになったら「もう友だちじゃない」とは二度といわれない。裏切りなんてない。ただ友だちだった時間ごと、友だちの犯した罪業《ざいごう》ごとを、考えつづけて、憎みつづけるしかかれには感情の矛先《ほこさき》がなにもない。

「ちょっと、話があるんだけど」

とかれは母親に告げた。弟が試験勉強だといって友だちの家に泊まり不在にしている夜だった。

「なに？　バイトでもはじめんの？」

「いやはじめない」

「なら勉強するなりなにか手伝ってよ、ちょっとは家のこと、もう来年は三年生になるんだから」

「うん、それはおいおい」

このように母子の会話は脱線しがちになる。しかし今夜のかれは肝《きも》を据え、いかなる脱線にも根気よくつきあい、母親と向きあおうとおもっていた。

「ちょっと座ってよ」

「待って、洗い物が……」

かれは待った。母親はせっかちで神経質な性《さが》なので、洗い物等を放置しない。そもそもそういう性質だから弟やかれの愚鈍や不精に目を瞑《つぶ》れないところがあるのだった。

「弟の。たけのことだけど」

「たけと？」

洗いものを終え、母親は食卓の向かいについた。なにか話すときと食事のときにつく互いの席だが、このところは夕食の時間もずれ、朝食もめいめいのタイミングで摂《と》ることが多く、こうして顔をつき合わせる場面も減っていた。

「たけとがどうしたの？」

「衝突《しょうとつ》してんだろ、よく」

母親は黙った。いまさらのようなことである。

「たけとはなんでああなの？　あんたんときは目だった反抗がなかったから、なんであんなに聞きわけがないのかわからないのよ」

「子どもだからだよ」

母親はそのタイミングで、「あ、お茶のむ？」というので、「のまない」とかれは断った。

「子どもだからって、いっぱしの大人みたいな口きくから腹たつのよ。だって、忘れものだっていまだに酷《ひど》いし、テストの点も悪いし、だらしないし、ひとりでなんにもできないのよ」

「だから子どもだからだよ。でも中身では大人あつかいされたいんだよ。子どもだからこそ、子どもあつかいしすぎちゃだめだよ」

「だったらあんな口の利きかたないでしょ。母親にむかって。『お前なんかから生まれたくなかった』とかいわれたんだよ」

「それは二ヶ月ぐらい前だろ」

かれはしずかにきもちがくすぶるのを感じた。

「最近では、だいぶマイルドになってるの、気づかない？」

「そんなわけないでしょ、だって昨日だって、うるせえババアっていってたじゃん」

「それはほんとに、母さんがしつこかったよ」

「わたしが悪いの？」

「だれも悪くないんだよ。アイツが風呂でたあとビシャビシャで汚らしいのがイヤだったんだろ？　でも『どうしてこんなにだらしないの？』だの『幼稚園児みたい』だのいうのはよくないよ。そういうの、いちいち注意してもすぐにはできないんだよ。子どもだから」

「あんただって同じようなもんじゃん」

「おれだって子どもなんだよ！」

かれはきをつけてきをつけて、感情を昂らせないようにしていたのを破り、叫んだ。

「うまくできないの。将来のこととか、現状のこととか、なにもうまくできないの」

「そんなこといったって、わたしだって苦労してるんだし。わたしが悪いの?」

「だから、だれも悪くないんだって」

母子は沈黙した。

夜がおりてゆく。

「さっきだって、アイツが友だちの家にいくっていったとき、疑ってたろ。『ほんとに勉強しにいくのかね』とか、いってもしょうがないじゃん」

「ついね」

「きもちはわかるけど、じくじくいやな気分がのこるんだよ、そういうの」

「なんなの? どういうこと? なにがいいたいの?」

「ようするに、アイツもここんところはだいぶマイルドになってきたよってこと。そこを認めてやってほしいわけ」

「そうなの? 俄《にわ》かには信じがたいな」

「ちょっと観察してみてくれ」

「あんたがそういうなら、そうするけど」

「それでいいよ」

「あそう。あんたは反抗期らしいのはなかったのよね。ふしぎと、小中学校と経ていっても、自我らしいものがぜんぜんなくって、主張もなくって、捉えどころがないなってておもってたけど、弟のことなんかはあんたなりにいろいろ考えてんのね。そういえばイヤイヤ期みたいのは酷かったけど」

「なにそれ。イヤイヤ期ってなに？」

「ちっちゃいころの話。二歳ぐらいの子どもがだいたい、何でもかんでもイヤだイヤだっていって拒否するの。服を着るのもイヤ、ご飯もイヤお風呂もイヤ、冷蔵庫をえんえん開けしめするのを注意すると二時間も泣き叫んだり、クツを履《は》くのもあのクツじゃなきゃイヤだっていったりね。豪雨のなか公園にいくっていってきかないときも困ったな。なんでも自分でやりたがるのよね。できないくせに。わたしも辛かったけど、だれにも相談できないし、でもあんたも頭のうしろにハゲができるぐらいストレスが溜っちゃってて、おもいだすと笑っちゃうけどね」

「そうなんだ……」

かれはジワジワと、あじわったことのない感情にからだが浸されていくのを知覚した。

子どものころの話を母親にきくのははじめてだった。それだけ自分がおおきくなったということなのだろうか？

と同時に、自分にも発達の途中で反抗し、自立とそうできない歯痒《はがゆ》さについて苦しんだ時期もあったのだ。記憶もない、母親の証言のなかにしか生きていないような自分が、母親という社会にたいしてはじめて反抗を試みたのだろう。

このところいろんなことに悩み、情緒を乱していたかれはほろりと安心し、ようやく頭のなかにあったかたまりのようなものが言語的にほどけてゆく、そんな心地を味わった。

「ちょっと話かわるんだけど……」

かれは、ほんとうにいいたいことをようやくいった。

「おれの友だちが……、しらない女のこを妊娠させちゃって……。それで……」

姿勢よく椅子に腰かけ、かれはとつとつとはなしはじめた。

事前になんとなく拵《こしら》えていたあたまのなかの、もっともモノわかりのわるい母親は、「そんな最低な友だちとは、つきあうのをやめなさい」というのだとおもった。しかし覚束ない語彙で「友だちにどう接したらいいかわからないし、どうすべきかわからないし、他の友だちにも相談できないし、でもただ抱えているのはつらかった」と打ち明けたところ、母親は最終的にこういった。

「それはあなたが考えるべきこと。わたし個人はあなたは関係ないのだから、ふつうにその河原であうっていう友だちといままでどおり接したいのならそうすればいいし、もう忘れたいなら忘れてもいい。べつの友だちにいいたくないのならいわなければいいし、茶化しても深刻に相談しても、いいとおもう。だけど母親としてわたしがつよくいいたいのは、『あなたには関係がない。おまえにはなんの責任もない』ってこと」

その母親のことばをかれは考えつづけている。

はたしてそうか？

しかし母親はまがうかたなきかれそのものへの味方なんだということが理解されてうれしかったし、なによりつくもが否定されなかったのがうれしかった。それが「関係ない」からなのだとしても。

寒波がいったあと、季節は通常の十一月をとり戻し、あたたかい日とつめたい日がくりかえされた。気温が十五度を超えるというほがらかな夜、ひさびさに、草野と公園でダンスを合わせる約束をしていた。

夜の公園であうのは二ヶ月ぶりだった。

「よっす」

草野はきた。

「もう自然消滅かとおもってたわ」

「おれもおもってた」

かれはいい、タブレットを以前とおなじようにベンチにたてかけた。木板の隙間に嵌《は》めこむように底を差し込むと、うまいぐあいに固定される。

「とりあえず、一度とおしてみるか、ひさびさに」

まず動画サイトでラジオ体操の音源をながして準備体操としつつ、そのあとで踊ってみたのオリジナル動画をながした。画面にはなつかしい、二人組の踊りがながれはじめた。以前していたように、一度その動画をまじまじとみたあと、リピートされた二度目からふたりは合わせて踊った。ひさびさでぎこちなく、真顔のままで一度踊った。

そのあとで、草野がかれにいった。

「え、うまくなってない？」

かれは、「だって自主練したもん。てか、え？　へたになってない？」

「モチベーションが……」

草野は応えた。

「自主練はちょいちょいしていたんだけど、最近サボりぎみで……じつは」

草野はモジモジした。

「白岩さやかとつきあうことになって……」

「え！」

かれは驚愕《きょうがく》した。

「白岩ってだれ？」

「そこ？　新校舎で弁当たべてる、女子の三人のうちのひとりの白岩さやかだよ。樋口凜と、わりにいっしょにいるだろ」

「ああ！　あのショートカットの！　え？　つきあう、って、なに？　あれ？　デート的なやつ？」

「そうかな……。まだ、先週告白されたばっかで、なんもしてない、いっしょに帰ってるだけ。ひみつりに」

「ひみつり」

「なんか、いうタイミングがなくて、阪田と星崎にいう必要があるのかもわからんし」

「あるだろ」

とはいえ、かれも草野に河原の友だちのことをいおうか、そもそもいう必要があるのかを悩んでいた。こういうときになにをどういうふうに友だちに相談するか、相談したいのか、そういった「自分の性格」こそがわからなかった。「いっそのことすべてぶちまけたい」とおもっているのか、「いう必要なくない？」とおもっているのか、それがいちばんわからないのだった。

夏のあいだに踊りの練習をしていたときより、ふたりとも厚着になっている。重ね着した衣服をカサカサいわしながら踊るのも、微妙に踊りづらい。これからどこで練習すべきなのだろう？　そんなに金があるわけでもないかれら、カラオケやスタジオを日常てきに借りるわけにはいかない。

「いまはデートとかに専念すべきなんじゃない？」

とかれはいった。

「そうなの？」

「そうだよ」

そもそもかれは、そういうことがほとんどうらやましくないのだった。草野も、それほどデートのようなものに執着《しゅうちゃく》をしめすタイプではなかった。セックスはしたい。好奇心はすごい。しかしデートはそうでもない。女子とイチャイチャはしたいが、デートは正直面倒だった。

「やっぱ、女子はデートしたいらしいし、それにいろいろできるじゃん」

「白岩さんはそういうデートとかでキャッキャしたいタイプではないっぽいんだけど、いろいろ？」

「キスとか、いろいろあるだろ」

「そっか……」

草野は長考《ちょうこう》した。

「寒くなってくるし、場所もないし、来月にはクリスマスだし、いい機会だから、もうすこしやすもう」

いままではかれのほうが草野よりだいぶんダンスが上達していた。

「なんか、わるいな」

草野の口ぶりから、踊りにかけるモチベーションがまったく消え失せているのではないことが、かれにはわかった。

「いいよ。お互い、いろいろあるしな。おれはもちょっと自主練しとくよ」

内心では、ちょっとほっとしていた。

草野のまえでは河原の友だちのことをおもいだす。まだつくもののことをはなしたくない。はなしたくないというきもちにさえ、迫りたくない。技術は踊りをおどれても、きもちはおどれていなかった。

白岩さやかは、樋口凜と青木由希奈の三人の女子のなかで、とりわけ成熟した自我をもったタイプの高校生だった。

自立心や人間性の洗練とそれは違う。どちらかというとボンヤリしており、忘れものも多く、ひとのはなしの根幹を聞きそびれていたりなどの、ウッカリしたところがあるわけで、しっかりした印象をもたれることはないのだが、体調によって情緒や自尊感情がブレたりすることのすくない、しっかりとした自我の根をもっていた。

だから、今後進学のちに社会人になったあかつきにも、ひとつのミスで「だからじぶんはダメなんだ……」「あのときにもこんなウッカリをした、こんなことをいって人を傷つけた、わたしはこれだからダメなんだ」など因果関係のない事実を結びつけて無為に自己嫌悪にひたるようなこともないし、逆に根拠なく思いあがるようなこともなかった。他人にたいして「それはいいね」「それはよくないよ」等の意見をまっすぐにいえ、そこになんのてらいもない。

白岩さやかは草野に手紙をかいた。そこには、「草野くんのことがすきです。よかったらつきあってください」という用件を簡潔にかいた。そのうえで、放課後に新校舎脇の体育倉庫へつうじるうすぐらい場所、ひとけのない、校内で告白するのには最適とされていたスイートスポットに呼びだした。このことは樋口凜にも青木由希奈にも相談することなく、独断のもとで行った。

「手紙ありがとう」

オロオロする草野。

「おれなんかの、どこがいいの？」

「ぜんぶです」

とくに白岩さやかは、草野の表情がすきだった。いつも困ったようにわらっている。おもしろくてわらっているようではない。星崎が卑屈《ひくつ》であり、阪田が滑稽《こっけい》であるのに比して、草野の笑顔は白岩さやかにはすがすがしくみえた。加えて、自己主張の丁度《ちょうど》よさ。星崎がなさすぎ、阪田がありすぎるのに比して、草野は丁度よい。自己主張とはなさすぎてもありすぎても鬱陶《うっとう》しいものなのである。

「だから、考えてみて、わたしのこと」

そうして草野は考えた。

白岩さやか。草野は三人のなかでは、しいていうなら樋口凜がすきだった。星崎も樋口凜がすきだ。阪田は青木由希奈のことを気にかけているし、白岩さやかは三人の眼中にない女の子だった。しかし白岩さやかは草野を気にかけるようになってから明確に意識が変わり、夏から秋にかけて化粧を研究し、髪をのばして肌にいいもの（蛋白質《ぱくしつ》を豊富に含むバランスのとれた三食、ほどよいカロリー制限、各種ビタミン系サプリメントと乳酸菌と甘酒）を積極的に摂取《せっしゅ》するようになった成果もあり、微妙に美しくなった。それに加え、彼女には化粧を施すと却って感情のメリハリがあらわれやすくなり、あどけない波動が表情に滲みだすという稀有《けう》な特性があった。

草野はまんざらではなかった。

そういうことで、草野は一週間ほど考えた結果、スイートスポットに白岩さやかを呼びだし、「おれでよかったら」というふうに応えた。ふたりとも色恋に不慣れで、それほど情熱的に昂るようではないので、とりあえず下校をともにしてみようということにおちついた。土日のどちらかはお茶しよう。それ以上のことは、ふたりには考えられなかった。

かれは歯が痛くなった。

おおかたの歯痛がそうであるように、それはとつぜんにやってきた。朝起きたらあたまにひびくほどにいたむ。痛いは痛いがいに感情がないわけだから、痛くない人間にはほんとうにはつたわらない。とくに弟はまだ幼いばかりなのだからじぶんの痛み体験と紐づけする努力もせず、「うるせえよ。そんなに痛いなら歯医者にいけ」とつめたくいった。

おもえばかれもそうだった。以前につくもが日が暮れたあたりから歯が痛い歯が痛いと七転八倒しだし、どういうわけかそこらへんのブロック塀にあたまを打ちつけ、歯の痛みを誤魔化《ごまか》しているというときも、ハハハと笑っていた。心底から同情し、心配していたつもりだったが、なにをどうしてやることもできない。けっきょく河原の友だちはあのときどうしたのだろう？　かれは歯医者にいった。すると、

「親知らずだわ。ちょっと神経にちかいから、ここでは抜けないね。いい大学病院紹介するからそっちにいきなさい」

といわれる。

そのことを昼飯どきに草野と阪田にはなしていた。

「災難だな」

と草野。

「親知らずってなに？」

と阪田。

草野は順調に白岩さやかとコミュニケーションを育んでいるようだ。下校時にプリ

クラ。下校時にフラペチーノ。下校時に手つなぎ。初交際の達成の連続をあげれば枚挙にいとまがない。阪田は、「くそうらやましいな」という感想をたびたび漏らしていたが、それもどれだけの真剣みがこめられていたのかかれにはわからなかった。セックスに類する行為をしてしまったら話はべつだけれども。

いや、セックスへつづく助走のようなものが羨《うらや》ましいのだろう……

それがデート。

かれは相かわらず家庭内で起こされる弟と母親の争い、歯の痛み、河原の友だちが日に日に寒くなっていくこんにちにどうしているのか、そういったことを悩むともなく悩み、うつうつとしていた。それでもダンスの自主練はコツコツとやる。さいきんでは動画サイトからリンクされるコンテンポラリーダンスやパフォーマンスの類いを、ながしみる程度に眺めるようになった。阿波踊りも草野の影響でチラチラみている。

阿呆連の振りの破天荒《はてんこう》もおもしろいし、太鼓だけで踊る連もあれば、もっと個性的な振りをみせつける連もあるし、そもそも下手な踊りをたのしく踊っている連も平等にあらわれる。道を踊り進む流しの踊りもおもしろいし、街のそこここで踊り狂う輪踊りもおもしろいし、壇上をめいっぱいつかう舞台踊りもおもしろい。伝統の正調《せいちょう》を守る連の女踊りの乱れぬ歩調もおもしろい。大学連の運動神経にすぐれたアスレチックな洗練もおもしろい。ようするに、かれがおもっているより伝統とエンターテインメントが上等に混ざっていて、なにもかもおもしろいのだった。

検査に大学病院へと赴いたとき、診療台に横たわったままの状態で女医に「このまちょっとお待ちくださいねー」と声をかけられて待っている時間がことのほかながく、かれはウトウトとまどろんだ。反射するライトのひかりに、かれは月光めいた照明をバックに踊る勅使川原三郎《てしがわらさぶろう》を幻視する。からだは止まっているようにみえても途切れない揺らぎがある、ポーズのひとつひとつは現代ふうに息ぐるしいようであり、それなのに人体の自然が壊れないふうであるながれのどくとくの動きである。

しかしかれはそれほどまじまじ勅使川原三郎の踊りをみつめていたわけではなかった。ただ動画サイトからながれていたものをフーンとみていただけだ。しかし眠りにあらがう意識混濁《こんだく》のなかで、かれはしーんとした感動をえていた。やがて女医が戻りかれは意識を醒《さ》ました。

「こちらに手術前後の注意事項がかかれています。いつがご予定よろしいですか？」

かれはわたされたプリントを眺めつつ、「なるはやで……」といった。

「でしたら三日後の、午後五時におなじ四階の受付にお越しください。痛みどめの処方箋だしときますね」

手術……。かれはゆううつだ。白岩さやかは草野とつきあうようになってさらにかわいくなった。樋口凛とつきあえることになったら、樋口凛はもっとかわいくなるだろうか?

ならないだろう。とくに根拠なくそうおもいながら、かれはトボトボと大学病院からの帰路をたどった。

かれは抜歯《ばっし》手術までの数日間を、うっすらとした恐怖、不安とともにすごした。顎《あご》の神経に近いために万が一だが、麻痺《まひ》が残る可能性があるという。それをそれとして明確に不安をおぼえていたわけではないが、そもそもみずからの口腔《こうこう》内で行われることじたいが恐怖である。

かれは連日動画サイトで他人の踊ってみたやコンテンポラリーダンスや阿波踊りを眺めつつ、不安をなんとかやりすごそうとした。じっさいに自分でも部屋のなかでからだを動かす。汗をかいているときは恐怖を手放すことができた。しかしたいていは醒めたらだめだ。

かれ自身も奇矯《ききょう》としかいいえない心理なのだが、かれはよなよな親知らず除去の施術動画をじぶんのスマートフォンで眺めてすごした。

まず麻酔を打つわけだが、そうして歯茎《はぐき》をメスで切開する。しかしその刃物はテレビドラマ等で見慣れている動きとちがっていて、裂くというより歯茎をつき刺し、掘り、えぐっていくような動きをしている。そのように内部の歯が顔をだす。ほそい棒状のドリルが登場し、なかの歯を切断しつつ砕く。ずいぶん原始的な方法だ。そうして砕いたものを、金属ヘラのようなものでグリグリと梃子《てこ》の原理でブチ抜いていくわけで、ドリルで砕き、ヘラでブチ抜きをくりかえしている。ポロッと歯の根がこぼれおちると、ピンセットが登場。牧歌的な動きで完全に除去。歯茎が縫《ぬ》われる。

とにかく血がすごいな……

かれは恐怖にふるえながら、しかしみるのをやめられない。

かれ自身きづきえないことだが、これはかれがダンスをやっているからしていることだった。ようするに、踊りとその身体性について、しみこむように思考するくせがついていなかったら、じぶんが親知らずを除去される段にあって、手術動画なんてぜったいに前もって確認しなかった。

かれはじぶんのからだにこれから起こることを、「確認したかった」。

口腔内が元気になったら、河原にいこう、とかれは脈絡なくおもった。つくもにあおう。それで、どうなるかわからない。でも、考えよう。草野にもはなせるものならはなしてみよう。

と、夢か幻か、眠りか覚醒かあやふやな瀬戸際《せとぎわ》で言語が溶けるように、かれは考えるのだった。


口のなかが健康になり、モチを食べる。かれは健全でおだやかな年越しを家族ですごした。弟と母親はお雑煮のモチを煮る煮ないで怒鳴りあいの喧嘩をしていた。

草野は順調に白岩さやかとデートを重ね、初詣《はつもうで》にいく。阪田は草野が白岩さやかとつきあいはじめたことを知って調子にのり、青木由希奈に告白したが、「好意はうれしいがありえない」と断られた。青木由希奈はすでにかれ星崎のこともすいていなかった。周囲にながされ、白岩さやかがなんとなく草野のことをすいていて、樋口凜がなんとなく阪田をすいているのを感知して、じぶんもなんとなくのこった星崎をすいている気分になっているだけだった。

皮肉なことに、星崎にたいするじぶんの執着がおもいのほか希薄《きはく》であることにきがついたのは、阪田に告白された瞬間だった。もちろん阪田とはありえないとはいえ、告白してくれたのが星崎だったらよかったのに、という気分にすらならなかったので、そう気づいたのだ。関心がなかった。

青木由希奈は三人のなかでいちばん顔だちが整っている。アイドルがすきでライヴにいきCDやグッズをかうためにバイトをし、金を貯めている。だから樋口凜が妹をカワイイとして溺愛するきもちはわかった。青木由希奈じしんも、アイドル的天才をほのめかすタイプのかわいげより、歌や踊りに秀でていてアイドルとしては実力が悪目立ちしてしまうぐらいのほうを推《お》していた。青木由希奈は樋口凜がピアノを弾く才能ありきで妹を愛しているのだと曲解していた。

三人とも主に相手の話を聞くタイプで、じぶんのほんとうにしたい話は限られていた。こうして短くない時間をともに過していても、描出に値する会話などほとんどしていないのだから誰もおぼえていない、ようするに相かわらずクラスの輪にはなじまなかった。

冬休みを経験した白岩草野は、つきあい始めてもうすぐ三ヶ月。よくいわれる、カップルの危機を経験していた。

かれは相かわらず踊りの自主練をくりかえしていた。もう動画を撮るとかは、どうでもよくなった。ただ習慣としてそうしているだけで、日常動作のあいまあいまに無意識でいるときに、ひととおりの振りをこなせるぐらいまでには、ダンスに習熟していた。あるきっかけがあれば、いつでも踊りを止めてしまえるのかもしれなかった。

青木由希奈は、SNSやチャット、スカイプ等でアイドルの話をすることで日々のストレスのほとんどを解消していた。学校の友だち、どれほど仲のよい樋口凜や白岩さやかにも、ほぼアイドルの話はしなかった。なぜなら、女子の厳密なルールにおいてほんとうにすきなものの話をするときらわれるせいだ。ほどほどにすきで、他もたいていはすきだろうという話をするならよい。ベーグルとか。ジャニーズとか。しかし青木由希奈が女性アイドルにかける情熱に耳を傾けてくれるのは、実社会では彼女の美容師だけだった。美容師は仕事だから青木由希奈のとくにおもしろくもないアイドル批評をきいている。

青木由希奈が美容院で、「歌唱力もダンスもあれだけ突出したみやっしーを二列目にさげて、たしかにカワイイのはわかるけどユカタン星人をセンターにもってき、音楽的な難所をみやっしーにまかせるだなんて、理屈では理解できても愛情としては理解できない」といっていた。

まさにその瞬間、草野と白岩さやかははじめてのキスに及ぼうとしていた。白岩さやかは、はじめて草野の口の内部をまじまじとみた。くらい。人の口のなかとは、これほどまでにくらいものか。草野は白岩さやかのくちびるをまじまじとみた。解像度があがるにつれて、つややかにひかる。おそろしげに、チクッとくちびるをあわせた。

草野は顔を傾けた。今度はななめにくちびるをあわせた。

その瞬間、理由はこれといってなく、草野のキスのテクがどうこうとかそういったことではないのだが、白岩さやかの恋はいちだん醒めた。

「草野くん、踊りはやってるの？」

と白岩さやかはきいた。

くちびるをはなした草野は、「え？　踊り？」ときいた。ほんとうには、「いま？いまそれをきくの？」とおもっていた。

「うん。凜ちゃんからきいたの。星崎とダンスやってんでしょ」

「さいきんやってない」

草野は性急に、服のしたに手を入れようとした。白岩さやかはそれを拒んだ。親知らずを抜き、抜糸《ばっし》まですんだ直後、どれだけはげしく嗽《うがい》をしても痛まない口腔に、かれは無上の幸福感をおぼえた。弟にクッキーをふるまい、

「うまいな」

「うまい。硬いモノはうまい」

と興じている。

冬場だからもう「のき」にはでていないが、春になったなら、というおもいがたか

まっていた。どういうわけか、一度「のき」でぎゅうぎゅう詰めのなか弟と交流したのをきっかけに、かれはまた「のき」にでたい、とおもいはじめていた。春になったら。しかし実際、春になって気温が十五度を超えた日とて、二度ともう弟とかれは「のき」にでたりはしないのだった。

ゆめみるだけがいちばん心地よい。

雪がふった日よりも、いちだんと季節はさむくなり。

冬のにおい。

冬の登校のマフラーのにおい。

冬の登校の鼻水のカサついたマフラーのにおい。

かれは久しぶりに河原にいった。

河原の友だちはいなかった。念のため、河原の友だちの家だとされている家にもいってみた。死んでしまっていたらどうしようと、どうしてもおもってしまう。

「すいません、あの、つっくん、つくもくんの友だちです、つくもくん、いますか?」

「つくも?」

でてきたのは、ひとの好《よ》さげなおばさんだった。おかあさんという感じはなかった。

河原の友だちにはたぶんほんとに、家族がない。かれはそのときに、うすうす考えていたことを、確信した。

「さいきんかえってないけどねえ」

かれは、おしだまった。

「あ、でもこないだシャワー浴びてたみたいだけど、二週間まえぐらい」

かれはこわかった。

「つくもに友だちがいるなんて。おばさんすごくうれしいな」

やさしげなおばさんが、つくもに暴力とか、つくもにネグレクトとか、いずれにせよ想像するだけで、その穏当な話しかたがとりわけこわかった。しかも、引け目があるようではないのだ。とつぜん訪ねてきたかれという、つくもの友だちに対し、ほんとうになにもわるいことをしていないし、わるいことをしていなさそうな話しかただった。ひととして欠落しているかどうかもわからないし、なにが起きているのかほんとうにわからなかった。まだ雪のなかに寝るつくもを目の前にしていたときのほうが安心できた。こうして家があるとわかって、帰ってこられる場所があるのがほんとうとわかって、シャワーも浴びているとわかって、それゆえにふるえるようにこわかった。

なにも口が利けなくて押し黙っているうちに「じゃ、またきてね」と心からのようすでいわれて、おばさんはドアを閉じる。

つくも、どこにいる?

おれはこわいよ。こわいのは、おれなんだよ。

ほかのだれでもない、わかちあえない、だれとも共有できてない「おれ」のきもちで、かれは人生ではじめて心からの恐怖を味わっていた。

さむい。恐怖とさむさで、河原でこごえる。スニーカーのなかの足先の感覚がない。水の音だけがあたまのなかでじょうじょうさざめく。帰る家はあっても、こんなきもちのままじゃ、かれだって心がどこへも帰れない。

…/おひさしぶり! まったく会ってないな。まあ、あたりまえやけどな。東京いったんやったっけ? 埼玉? きいたけど、忘れてもうたわ。でもええよ、とおくにいけや。ぼくはさびしいけど、とおくにいけるやつはいったらええ。そんでな、踊りやってるんやって? なんか、最近っぽい、ボカロとかいうやつの音楽やろ? きいたで。てか、みたで。別のヤツが二人組でおどってる動画。片方はトラのマスクかぶっとんのな。これ、ええ踊りやで。きもちがのびやかになる。ひろやか~になる。踊れるようになったら、ぜったいにぼくにみせたってや。ぼくはしばらく

阿波踊りできんけど、まだ冬やし、まあ冬も練習しろやってはなしやけど、どうしてもできんのや。じゃ、またな。…／

差出人に杉尾柱吉《ちゆうきち》、とある。草野が少年時代を追憶するときに欠かさずあらわれる杉尾少年のいま現在の字をみるのは新鮮だった。

年賀状の表の住所に斜めに↓がひっぱってあり、「竹橋《たけはし》にきいた！」とかいてある。住所をいつも草野が文通している竹橋という地元の友だちにきいたということだろう。そうして無地の裏面には年始の挨拶もないいままメッセージがビッシリかいてあり、表のお年玉抽選番号の下のせまい箇所に、そうだった！という声が聞こえそうな勢いで「あけましておめでとう！」とかいてあるのだった。

草野はその年賀状をみ、いわくいいがたいきもちになった。

ひとつには、さいきん踊りを相方のかれ星崎とあわせておらず、このまま「完成！」の区切りのないまま自然消滅してしまうのではないかというささやかな不安の感情。

ふたつには、もう二月になろうとしているこの季節に、わざわざ年賀状を寄越す杉尾少年のきもちののびのびとしたところがうらやましいの感情。

みっつには、年賀状の裏面にところ狭しとかかれている文章の字が、内容とは裏腹に本人の無気力を完全にあらわしているというかなしいの感情。

たまたま気分のマシな日の、いっしゅんのひかりに誘われて、文面を書きながら考えたのだとわかった。だから、「、」や「。」「?」のあいまに、文面をつづる杉尾少年本人の「ハハッ」という笑い声や、「ウー」という考え声や、「あ!」という発明の声が、生々しくきこえてくるようだった。

ふしぎとその声は十七歳になったもう野太いものではなく、少年のままの、ハスキーでありながら合唱のときなどには妙にあかるい高音のだせる杉尾少年のあの声だ。いつもソロパートを任されていた。

そのように文章から生の声がきこえてくる。このようなことを国語の先生が、とくに古典の授業でいうように古語の翻訳や、外国語の翻訳にもたえうる「文体」というのなら、こんなくだらないかなしいものがあっていいものかとおもう。草野は杉尾少年の年賀状をうけとらなければよかったとおもった。

そうでなければこんなパッとあかるくなるようでズシッとおもく嵩張《かさば》る、名づけがたく受けとりがたいこんなきもちを引《ひ》き摺《ず》ることはなかった。

草野は日課のダンスの自主練を、なんとかその日も行った。

振りはもう完璧なのだが、あたりはまだますます寒い。はやく春がこないだろうか。

冬はながい。

阪田は、じぶんが草野と白岩さやかのカップル成立に刺激をうけ、青木由希奈に告白したことをかんぜんにだまっていた。草野もかれ星崎も、うすうすとはしっていたものの、囃《はや》したてる気力はわかず、あいまいにしていた。

新校舎の渡り廊下で、昼飯をくう。かれはパンを。阪田と草野は弁当を。階下では青木白岩樋口の三人がヒソヒソはなし、ときどきはキャーと嬌声《きょうせい》をあげて笑う声がきこえる。三人は三人ともそれぞれの理由で場所をかえたかった。かれはたんじゅんに、おもった以上に新校舎階段が寒いせい、草野は初キス以来白岩さやかの声をきくだにムラムラとしたかなしみがわきあがるせい、阪田は青木由希奈にフられたかなしさをどうしてもおもいだすせいである。

しかし三人は場所をかえない。

他人になにかを提案する。これには巨大なエネルギーを要する。気心がしれた相手であってさえ、その気心のしれかたによってはなおさらそうであった。

本来もっともつよい動機をもちうるのは阪田である。フられた女のこの声を日常的にきくのはつらい。

ただ、阪田は青木由希奈にフられたことで、とくべつ自尊心が傷ついたかというと、そんなことはないのだった。

阪田は両親に溺愛されて育った。三人の男子のなかで、いちばん顔が今風に男前なのは阪田だし、いちばん経済状況がめぐまれているのも阪田、そもそも両親そろって家にいるのも阪田だけである。人あたりもよく、気さくである。しかしクラスに溶けこむようではない。それはなぜか?

阪田は自尊感情がつよく、だれにすかれようがだれにきらわれようが、とくだん気にしない性質だった。だから、クラスの人間がこの時期特有の自意識をたかめあい、無意識の言語を発しあうのにどうしてもなじめなかった。

だれかを誘えばだれかが顔をしかめ、だれかを外せばだれかが正義感をふるわせ、だれかを加えればだれかが疎外され、だれかを失えばだれかがよろこぶ。皆それぞれが、からだの表情と裏腹のことに限って、つよい口調でいうのだ。

みんな他人の欲望を自分の意見みたいにいい、自分の欲望を他人の意見みたいにいうなあ。

というそこまでのことは考えないまでも、ようするに阪田は自尊感情が健康すぎて、年齢を考慮したクラスのシステムになじむことはできないし、青木由希奈にフられても、自分の価値が損なわれたとはまったく考えないし、「他人に興味がない」といわれることにすら興味がないのだった。阪田は自分の容姿に自信があるが、皆がそんなもんだとおもっている。人並みの劣等感すらよくわかっていない。それゆえに阪田は他人の好意に関心がない。嫉妬もないから愛情もよくわかっていないが愛情のような表現はふつうにできる。阪田は外見が好き。外見で他人をすぐ好きになる。自分を好きなのは自分だけでもう充分だからだ。阪田は誰ともコミュニケーションが成立していない。成立していないことをとくに気にしていないかれ星崎と樋口凜にのみ、気さくに話しつづけることができていた。

「てかおまえら、ダンスはどうなったの？」

阪田は、トリュフをまぶした卵焼きのさいごのひとかけを頬ばりながら、いった。かれらは阪田の弁当の上品さに、ろくに気づいていない。わかりやすいゴージャスではないものの、阪田の弁当はシェフがつくっている。

草野とかれ星崎は沈黙し、お互いの目をのぞきあった。

他人になにかを提案する。これには巨大なエネルギーを要する。

だからかれらはわりにながい時間互いの瞳をのぞきあっていた。

「あたたかい日に、また公園にあつまろう」

「もう三月だしな、十五度ぐらいの日もけっこうある」

「おれが天気予報をみるようにするよ」

「まだやんの？　すげえな、どうでもいいけど」

だれにもしりようのないことではあるが、このとき阪田が、「てかおまえら、ダンスはどうなったの？」と発話しなかったら、かれらのダンスはかんぜんに自然消滅していた。

阪田の悩みがいつもうすいのにたいし、草野星崎はそれぞれがそれぞれの事情にふかく傷つき悩んでいる。それでもかれらがそれを充分に共有する日はこない。


その日、ようやく夜の気温が十三度に達した。動けばなんとかあたたかくなるだろう、とかれらはメッセージを交わし、夜の公園に集合した。ベンチに座り待っていた星崎が缶コーヒーをのんでいた。高校生には贅沢な品だが、小遣い事情の優遇されているふたりは、「お、いいね」「のむ？」「いいよ、のめよ」「や、かってやる。こないだポカリかってくれたお礼」とことばを交わし、動く前に缶コーヒーでからだをあたためた。多くの高校生は自販機でわざわざコーヒーなんてかわなかった。そもそもコーヒーがまだそれほどすきではないし、せっかくならシュワシュワしたものや中身の多いお茶をかうものだったが、たいていは甘いのみものをかうのだった。

それでラジオ体操の音源をタブレットからながし、からだをあたため、いざ「テトロドトキサイザ2号」の曲に踊りを合わせた。踊りを合わせるのは四ヶ月ぶりだった。なのにかれらはいつのまにか動画のお手本なしで、音源だけでじぶんたちの踊りをおどることができるようになっていた。

一度踊りをとおしたあと、ふたりは信じられない、という目でお互いをみやった。合っている！

動きのいちいちが、タイミングを合わせたりずらせたりする拍のいちいちが、目を合わせてからだを動かす素朴なよろこびのいちいちが、合っている！

踊りそのものはひさびさでぎこちないものだった。振りはからだに完璧に入っていたが、「ここはかれがいてじっさいに合わせてみないとどうもわからないなあ」と疑問におもっていた箇所が、ことごとく合っていた。

かれらはことばを交わす前に、ハイタッチした。

両手で頭上たかくハイタッチした。

片手で胸の位置でハイタッチした。

上下に擦り合わせるように腰のうえあたりの中空でホイホイホイともう三度ハイタ

ッチした。

かれらの感動も合っていた。そもそもかれが一年前の春からたったひとりではじめたダンスの練習。それに感化されて杉尾少年との少年時代への追憶とともに、駆りたてられた同調。そうしてかれらの感動の総量はそっくりおなじ、かれらはかれらになっていた。

「合ってるじゃん！」

かれらはそういった。

「おまえがんばったな！」

かれらはそういった。

「てっきりモチベさがってんのかとおもってたけど」

かれらはそういった。

「がんばって自主練してたんだな」

かれらはそういった。

この踊りにはそれぞれおもいおもいに即興を披露する場面があり、クラシック音楽におけるカデンツァよろしく、即興ふうとはいえたいていはあらかじめ振りつけを用意し練習しておくものだけど、それぞれにそこもしっかり踊りを繋ぐことができた。

星崎は動画をみながらインスピレーションをうけていたダンスの流線形の静と動のさかいのないアクロバティックを音源に合わせて。

草野は杉尾少年が夏に踊るやっこ踊りと阿呆連の印象的な飛びだしを組み合わせ、音源に合わせて現代ふうに飛躍と切断を組み合わせて、それぞれおどった。

互いが互いの即興をみせあうのははじめてのことだったから、動きは縮こまり、やや恥しげな踊りをみせあって、そうしてコンビのパートにもどってゆくのだったが、お互いがお互いの思考と研究が染み込んで、それでいて個性やあこがれをうまく混ぜ合わせた振りつけを気にいったし、互いの個性をみせあうように自信をもって踊れば、もっとずっとおもしろいものになる、という確信があった。もっともっとそれぞれの即興が巨《おお》きなものになる、というビジョンがかれらにはみえた。
二、三度合わせて体温が本格的にあがったところで、星崎に巨大なブルーが戻った。
踊りの調子がよいからこそ、あたまをもたげる河原の友だちにかんする悩みが再現された。ほんとはつくもに踊りを撮影してほしかったのだ。河原で。三人で。それでそれを投稿して、どれぐらいのひとがみてくれるか？　どんなコメントがつくか？

そのあとのことはまるでかんがえていない。

「ちょっとやすむ」

とかれは宣言し、ベンチに腰かけた。踊りはまさに絶頂、あと一度合わせたらもう「しあがった！」という地点にまで到達せん勢いだったのだから、草野は拍子抜けした。

ふたりの完璧につうじた言語領域から、じぶんだけ隔絶されたような展開に、草野も情緒が急降下した。

「どうしたよ。つかれた？」

「や、ヤッパリ。なんか……」

かれはいい淀《よど》む。

草野はだまった。冬の、冬の、
冬のおわりのどことなくあまやかなにおい。

「どうしても……」

代わりにかれは、弟のことをいった。ひとくちに反抗期といっても、いろんな段階がある。いまは可能な限り母親を無視しようとしている。それでもあたらしい筆が要るだの、部活の練習で弁当が要るだの、連絡事項はある。弟はつたえるべき十の情報のうち、半分しかいわないので、筆の他に硯《すずり》も割れてしまったからほんとは要るとか、水筒のなかのたっぷりのお茶もあったほうがいいとか、ギリギリまでつたわらずに、あとで母親を苛《いら》つかせる。それで怒鳴られる。そういうことをふくめて無視している。ようするに情報をギリギリまで制限している。はんぶんは意図的に。はんぶんは否応なく。みずからの自立精神とうまくいかないすべてのことへの苛だちをも含まって。

「でもおれ、つめたいのかも」

と、かれは内心ではつくものことを悩んでいるのに、弟のことをはなしながら、そういった。

「つめたい？」

「どうでもいいとおもってしまう。弟が……声を荒らげることがなくなったから、すこし暮らしやすくなった。それで、いいとおもってしまう。……じぶんの周囲が平穏なら、それでいいとおもってしまう。ウン。それでいい。それなのに、おれはつめたいと、おもってしまう。悩むでもなく、えんえんと……」

ひきつづきほんとうにかれが考えているのは、つくものことばかりだ。

草野は、かれの口調から、発話のリズムやくせがいつもとだいぶん違うことから、いいづらいなんらかの情報が秘匿《ひとく》されていることがわかった。ほんとうには、弟と家族の悩みが主眼ではないのかも、と勘づいた。たとえば、将来へのばくぜんとした不安。自分はいずれなにものかになれるのだろうかという悩み、ちゃんとした大人になれるだろうかというありていの悩み。

「なにかが欠損していて、それなのにうまくやれている気がするから。だれにも相談するようでもないけど、でもなんかつめたいのかも。なにも起きてないことにすれば、いいのではないかとおもってしまう。誰かが誰かをふかく傷つけても、しらなければすむこと。でも、しってしまったら、どうすればいいんだろう？　どっちがどっちを傷つけたのかも、傷つけんとしているのかも、悪意のあるなしも、ほんとうのことはいつまでたってもわからない。だけど……おれは……」

草野は、かれがもう家族の情報すらださずに、名詞すらださずに、ばくぜんとしたあきらかに別種の悩みを語っていて、それでいて本質をかするようなことをいうのがどうしてもまだつらいようだから、黙ってきいていた。ただ、話を遮らないように、もっとえんえんときいてもいいんだよ、話止めたいのなら話止めていいし、話したいのならどんどん話してくれてよい、という態度だけ、つたわるようにして……

かれらにとって、すべてはかれらの踊りの完成のためだった。

樋口凜は一週間ぶりに飼い犬の散歩にでかけていた。まだまだつづく冬夜のさむさのために急く琴吉にあわせていつもよりはやいペースで公園をとおりすぎるさい、かれらがダンスの練習をしている、げんみつにはベンチに座って話しこんでいるようすをみつけた。

妹の鈴音はピアノの発表会での「飛翔」のあと、あからさまになにかが燃え尽き、多少元気の復活したさいきんではダイエットにいそしんでいる。炭水化物を制限しただけで樋口凜と同程度の体重におちた妹を、樋口凜は「かわいくなくなった……」とかなしんだが、元来鈴音のほうが顔のつくりが繊細で、世間的にはだいぶうつくしくかわいく愛される姿になった。それでピアノもさぼりがちになっている。しかし妹のことは相かわらず溺愛していて、コロッケをひとつあげていた代わりに、リップをひとつ買ってあげたりするのだ。

樋口凜は愛犬を散歩させながら、ひとの情熱はわからない、そもそも情熱がわからない、なにに対してそんなに熱を込めて取り組んでいるのか、ピアノにせよダンスにせよダイエットにせよ、だけど彼女にはなんだかみんなの情熱が愛らしいとおもえた。

わたしは他人の情熱が愛らしい。

うらやましいという感情とも、それは微妙にちがった。そういうふうに生きたいとは樋口凜はおもわない。

だから、かれらの真剣に話し合っている姿を遠目に眺めて、なんかわからないけど、がんばれ、とおもった。がんばって。がんばれ。がんばるひとたち。

春のにおい。

はじまる春のにおい。

河原の春のはじまるにおい。

ビールとポテチをもって河原にいくと、つくもはいた。ここのところ毎日そうしていたから、すっかりビールはかってからそのままにぬるくなっていて、ポテチの袋はシワシワになっていた。弟は中二になる。もうほとんどはなさない。いまでは関係は逆転していて、怒鳴るのは主に母親になっていて、弟は主に嘲笑しつめたくなにかをつぶやく。

「ばかじゃねえの」

とか。どうしても、ばかはお前だよとおもってしまう。ほんとうにかわいくなくなっていた。だけど、それはそういう時期で、それでいいのだろう。

つくもはひかりが反射する川にむかって座り、あぐらをかいていた。まるでかれを待ちかまえていたかのようでもあった。肩に手をおくと、「おう」とにこやかに笑う。

「待ってたわ」

かれは、うまく発話できなかった。待ってたっていっても、連日つくもを訪ねていたのはかれのほうだった。ビールのプルトップを折り返し、ジビジビのむ。ポテチの袋をひらき、一、二枚つまんでいた。

「春の川はいいなあ。おまえのことは、一生忘れないよ」

とつくもはいった。かれは相かわらずなんのことばも発せない。

こんな展開は想像していなかった。ほんとうにはまるでなにもなかったかのように、一年前をもう一度やり直すみたいに、ふつうにつくもと話そうと決意していた。それなのに。

だけど、かれの顔はほほえんで、つくもへの愛嬌をその表情にうつしていたから、ピリピリ気まずくはならなかった。むしろ、沈黙がちでもまるで居心地がわるくなく、かれらはいつも以上にいつものかれらになっていた。

「じつはな、オレの赤ちゃん、生まれるんよ」

つくもはいった。かれは、え、と衝撃をうけて、衝撃をうけたままの顔を河原の友だちにみせた。

「そんで、月子《つきこ》は、あ、あいつ月子っていうんだけど、月ちゃんは、やっぱがっこいってなかったから、ちゃんと赤ちゃん産んで、そんでそのあと転校して、ちゃんと学校いくって約束して」

「……うぅ、ウン」

ようやくの相鎚を、かれはいえた。つくもにたいして、丸一年ぶりに声をだしたような、きもちになった。

「家族は最初は衝撃をうけていたけど、みんなで死のうっていうとこまでいきかけたらしいけど、月ちゃんは赤ちゃんを産みたい。月ちゃんの親御さんも月ちゃんが学校いかずにフラフラしてたから、赤ちゃんができて、そんで、素直になってまじめになって、真にんげんになりたいっていって、なれるかなっていって、なれるよっていって、泣いて、そんで、そのあともいろいろと揉《も》めたらしいけど、月ちゃんがちゃんと高校でてそんで月ちゃんがそのあとどうしたいのかきめるまで、がんばってみんなで赤ちゃん育てようってなって」

「ウン」

「そんでそうなった」

河原の友だちはビールをのんだ。

「冬のあいだ、オレは月ちゃんのおうちでご飯をたべさせてもらったり、お風呂にいれてもらったり、やさしくしてもらえた」

　つくもがそういったとき、川がビカリとひかった気がした。

「最初はまったく無視というか、怒りなのか困惑なのか憎しみなのか同情なのかわかんない感情で、はなしもできない、ことばも通じない、おなじ人間とはおもえない。そんな感じだったけど、ちゃんとオレは謝った。たびたび謝ったし、一度ほんとうにおもってることをいった。『月ちゃんといっしょに、なにをどうしていくのか、考えたい。正直、どうしたらいいかわからない。大人にたすけてほしい』って」

「ウン」

「月ちゃんもオレのことが大すきだったからオレの子どもを産みたい。オレにはすきな人間の子どもを産みたいとか産まないとかいう、そういうきもちはわからない。だけど月ちゃんがそういうならそうだ。だとしたら月ちゃんのきもちを『わからないことを信頼してる』。オレたちももう十七歳になる。こうして河原でぐだぐだしてんのも終わりだ」

「それでどうすんの?」

「月ちゃんのおとうさんの会社で、雑務をやってる。知ってた?　オレってひととおりのサイト制作とかのノウハウはわかるんだ。図書館で勉強してたから。だからなんとかやってる。システムのことはわかんない。ビジネスマナーの成り立ちも、わかるところまではわかるけど、実践がむずかしいな。人間関係ってよくいわれるけど、もっと和をたいせつにしなさいって、ぜんぜんわからない。でもホームページをアップデートしたり、データを分析したり、そういうのは教われればできる。でももう……オレも」

そういって、つくもはぐずぐず泣いた。なにに対して昂って、なにに対して泣いているのかわからなかった。かれもぐずぐず泣いた。ビールをのみながら、かんぜんにつくものことを信じている涙をながして、「そっか、よかった。なんかわからんけど、大人って感じなんだな。季節が、そもそも」。

「おまえにも心配かけて、まじごめんなさい。悪かったな。いままでありがとう」

その日はそれでわかれて、風呂に入っていると、つくもの話の信ぴょう性をかれは疑いはじめていた。シャワーを浴びていると思考がザワザワさざめいて、なにかを告げてくるようなのだ。それはかれの言語領域では本来ギリギリ組み立ての叶わないような、不慣れな思考だ。

つくもの話はたぶん嘘だ。

だけど、どこまでが嘘で、どこまでがほんとうか、わからなかった。何％の真実が混ざり、何％の嘘にそれがおかされているのか。ほんとうにはつくもの嘘を本能でしっていたから、かれはあの場で泣いたのかもしれない。けど、つくもの口から「おまえにも心配かけて、まじごめんなさい。悪かったな。いままでありがとう」といわれるなんて、そこがいちばん嘘くさかった。もしつくもの語っていることの事実関係がおおむね真実でできているなら、そんな台詞はつくもの口からはでないようにおもえる。


しかしその台詞に込められたまごころは、かれは信じられた。

だから、つくもの話がほんとうならつくもの「ありがとう」はとても信じられない。だけど、つくもの話が嘘ならつくもの「ありがとう」は心底から信じられる。

どちらに真実は存するか？

かれにはわからなかった。あたまがシャワーッとさざめいて、かれは考える。これはいまの自分にはいきつくとこまで熟考しても「こたえ」なんてでない。思考放棄と表裏一体の確信をかれはえた。夜の果ての果てまで考えてもわからないことがいまの自分にはたぶんにある。

おれはしばらくこの件について、「おもう」ことをやめる。

約束どおり、つくもに動画を撮ってもらおう。お願いしにいこう。時間は変わらない。すごした時間の懐かしさはいつまでも懐かしい。きっと草野にとってみれば、杉尾少年はいつまでたっても杉尾少年なんだ。

目の前の人間は裏切っても、すごした時間は裏切らない。

そうして風呂をでるころに、ささやかな意志がかれのあたたかく濡れた肉体を支えていたのだった。大学進学か、就労か、大学進学なら文系か理系か、せまられる選択にたいし、かれは、「考えつづけることを考える」ことを選択しよう、と意志した。ようするに人文科学の研究方面にすすむ前提で、じょじょに母親と先生に相談していこうと。いかに学力が不足していても、考えつづけることだけを考えつづけよう。

…／すっかり春やのう。いやいや、なんでいきなり手紙なん？ってビックリするかもしらんけど、前にお前にむけて気まぐれで年賀状かいて、ふー、とかいってたら、気がついたらきもちがぱーっと晴れてて、久々に商店街に顔だしたんよ。みんなの顔みてちょっとしたらまたつらくなってきて、踊りの練習には参加しなかったけどな、でも、十分でもひとの集まるとこにいけるなんて、春のぼくにとっては快挙なわけ。そんなわけで、もうちょっとお前に手紙でもかこかな、ておもって。ふしぎなことやけど。このさい正直にいうとぼくには、お前の記憶ってほとんどないねん。顔もおもいだせんし、なんか同級生でたまに声かけてたヤツが東いってなんか踊りやってるって、きいただけ。でもこうして、手紙かいて……、もし元気になれたら、なんて、ハハ、自己中かな？　まあええわ。面倒なら捨ててくれ。かまわんなら、もうすこし手紙を書かせてくれ。どうしてもいやなら、そのまま返送してくれ。したら二度と送らんから。じゃあ、またな。…／

「おまえ、白岩とわかれたな」

ある日、実験室へむかう新校舎への渡り廊下をふたりであるいていたときに、かれは草野にいった。草野はいっしゅん、うやむやな表情をみせたあと、覚悟をきめたように「うん、わかれた」と応えた。それは出あったばかりのころ、かれが草野に、「星崎くん、あのこすきやろ」と樋口凜へのほのかなおもいをみぬかれた状況に似ていた。

草野は確固たる意志をもって、関西のイントネーションを関東に近づけた。ダンスの練習とともに、そんなことに取り組んだ一年であったが、これからは高校三年生としてまっしぐらに受験にむかうのが適当なのだろう。

「そか」

多くの疑問が生じたが、どこまでなにを経験したのかとか、女子とデートするときはどんなことに気をつけるのかとか、とはいえ大枠で把握《はあく》した限りではまだセックスしていないな、ということが草野の態度からしれて、かれは満足した。多くのことをきくのは酷か野暮のどちらかとおもえた。

ただし、キスぐらいはしたのだろうな……

「女子はむずかしい」

と草野はいった。

かれは、こいつマンガのような、ドラマのような、紋切をいったなあ、とおもった。それ以上、なにをきく気にもなれない。草野が「女子はむずかしい」に込めた万感のおもいは共有されない。

実験室へつづく校舎移動は、めいめいにグループを形成し、男子はからだをぶつけ合うなどふざけながら、女子はコチラと喋りつつ逆サイドに話をふるなど有機的に関係しながら、それでいて各々の領域の限界をもうけつつ、集団として動いてゆく。

だれかがカンペンをおとした。銀色のそれはバクッとひらき、中身がすべてバラまかれた。ペンのたぐい、消しゴム、ちいさな紙クズ、定規、シャーペンの芯、小銭、

（なぜか）単四電池。周囲のものはそれらを協同して拾い、「ありがとう」「全部ある?」と集まったが、かれらのあるいている場所からは離れていたので、草野もかれもそれに参加しなかった。ちらりと視認するにとどめた。

正確には、別れ話すらなかった。キスをしたあとじょじょに距離が空き、帰り道に手がふれるかふれないかの偶然性がとおのいた。おかしいとおもいはじめたのはそのあたりからだった。けっきょくいちばんしあわせだったときは、公園のベンチにふたり手を重ねた瞬間にみた季節の色。

いつからかふたりの景色がうまくみられなくなった。以前はふたりで歩いていたら、「雀《すずめ》がつがい」とか、「昨日よりあったかいね」とか、「風に土が混じってる」とか、いろいろいいあえたしぜんがまるでみられなくなった。白岩さやかにとってすれば草野の男としてのヌメリに抵抗をかんじ、目の前の「草野くん」が「成人男性」にみえてしまう。草野からすると白岩の女としての色香から欲望をかんじ、目の前の存在が「白岩さやか」でなく限りなく「女」にみえてしまうからだった。そうしてその誤差は、いつまでたっても埋まらない。

「もっと時間をかければいいだろう」

と阪田ならいうだろう。しかしふたりには根気もなく、煮詰まった空気、すれ違う認識、他のふたり(ランチグループ)との関係、さまざまな状況変化を耐えがたく感じはじめていた。おりしも、そろそろ進路を決定せねばならない時期。「わたしたち……」「ぼくたち……」そろそろ将来について真剣に考えたほうがよくない?

「粘ればヤラせてくれるだろう」

と阪田ならいうだろう。しかし阪田はその日インフルエンザで不在だった。

「そんなの関係ねえだろ」

という阪田には言語がつうじない。そもそも別れたことすらしばらく内緒にしてほしい、と白岩さやかにいわれたときに、草野は、「あ、ぼくらって別れてたんだ」と気づいたのだった。

実験室へむかうかれらは、しずかにかなしいきもちで旧校舎と新校舎のあいだをあるく。

「じゃあ、いまひとりで帰ってんの?」

「うんそう。これ、阪田と他の女子には内緒な」

「内緒って……すぐばれるだろ」

「ばれるまで内緒って意味だろ」

草野じしん、なにがどうなっているのかまだよくわかってはいなかった。

「じゃあ、しばらくおれにつきあえよ。あいたいヤツがいるんだ」

と、かれは無表情でいった。

「あいたいヤツ？」

「おれらの動画の撮影者。でも、いついるかわからんのよ。だからチラッと河原を覗いてかえりたいわけ。で、いたら撮ってもらうから、いつでも踊れる準備しといて」

「いいけど、そいつがなんか機材とかもってんの？」

「そうそう」

かれはてきとうをいった。


「みつけた！」

とかれらのうちのひとりがいった。

「やっといた！」

つくもを捜索して二週間半、ようやく河原に河原の友だちをみつけ、かれらは安堵した。

「みつかった」

べつに隠れていたわけでもないつくもも、つられてそういった。

春のにおい。

春の河原のにおい。

春のわかれの河原のにおい。

これを撮り終えたら、もうあわない。かれらは解散する。星崎と草野はおなじ学年に残るが、それぞれがそれぞれの学部の受験に専念するので、昼をいっしょにくう習慣も止めよう、といったのは阪田だった。草野と白岩さやかの破局をしった阪田は、ある種の気づかいのつもりでそういったのだった。樋口白岩青木の三人のみえる位置で昼を摂る習慣も解散する以上、自分たちも解散して、それぞれのあらたなコミュニティを形成しよう。できないならむしろ孤立を！と宣言した阪田は、どこかに彼女ができたらしい。しかし、学内なのか学外なのかどこで出あったどんな女なのか、頑《かたく》なにいわない阪田は、なんだかとてもしあわせそう、かれらはいつものようにふかく詮《せん》索《さく》する気にもなれないまま、肯《うべな》った。「じゃあ、そうしよか」。

かれらふたりは、ふたりだけですごさない理由をみつけることはできなかった。だけど阪田が抜ける以上、それぞれべつにふたりですごしたい理由もなかったし、あまりにもこの一年いっしょにいすぎた。

そろそろ……

という感慨以上に、いまはない。

愛用のタブレットでラジオ体操をながし、かれら三人は夕方の河原で体操した。通常〝踊ってみた動画〟は人通りのすくない時間帯に撮るのが定番だが、ここはひとのあらわれることのない、隔離された場所だったので、いつもかれとつくもがビールをのんでいた時間に、ルーティンを守る意気込みで撮影にのぞんだ。橙《だいだい》の陽をからだの正面にうけて、かれらはひどく眩《まぶ》しい。

一回かるく打ち合わせがてら動きを合わせて、本番に入る。つくもはふつうのスマホをとりだし、いつものタブレットで音源をながしたまま、撮影ボタンを押そうとしていた。

「機材なんてないじゃん。ふつうじゃん」

草野はつっこんだ。しかし、それを咎《とが》めるようでもなく、きもちを調《ととの》える。心を合わせて、自由に。ひろやかに、のびやかに踊ろう。

「いつもどおり。いつもどおり」

星崎はいった。

何度もとちって三十テイクは覚悟された撮影だったが、一回目でバッチリと合ってしまって、つくもに感想をきいても「さいこうに合ってた」としかいわないし、なによりかれら自身の手応えもよいものだったので、予定されたあと二十九回のテイクもぜんぶキャンセルする勢いで、「おつかれ！」といいあってビールをのんだ。音質も粗いし、専門的に練習したわけでもない。かれらの動画は、どうだったろう？画質もつくもの顔は幼いままだが、髪をきり、めずらしい白いシャツを着ているすがたは若手サラリーマンにみえなくもない。

「編集とアップはオレがやってやるから、気長に待っとけよ」

と、つくもはいった。

「ほんとかよ？」

しかし、アップされないならアップされないで、もうよいようなきもちになりかけていたかれらだった。

酔っぱらった三人は並んで川に立ちションしながら、あまったビールをながした。混ざった色はまったくの土色で、明日からはなにも起きえない。

樋口凜と樋口鈴音のふたりは、阪田↓青木由希奈↓彼女たちの順番で教えられた動画のリンクをおした。随分読み込みが遅い。十五％までを読みこんだあたりで再生ボタンを押す。

「うわ、はじまった。ほんとだ、前に発表会であったひとだ」
「うん、うわ、ほんとだ！　ほんとに踊ってる！　すご」
〝【ほっしー】テトロドトキサイザ2号踊ってみた【くさのん】〟と題された動画。
「きもー……」
といいながら、みいるふたり。
「なにこれ？　阿波踊り？」
「草野くん、こんな笑えるんだ！　星崎の動きまじきもい」
動画をみつつ、めいめいにいいたい放題、評するふたり。動画上にながれるコメントも、
……もっとターンを丁寧にしたらよりいいのでは？
……てかレベル低すぎ
……見るに堪《た》えない
……楽しそうに踊ってて好感がもてます！
……ゴミ
……職人ｗｗｗ
……画質粗くてもったいない

……編集うまいですね！

……笑顔がすごいな

……ここどこ？　川？

……ぜんぜん動き合ってないね

……上手くないのにまた来ちゃった

……クソヘタクソ

など、おなじようにすきずきにいわれており、閲覧数もコメントもまったく伸びていない。しかしコメントでひとつ、

……ぜんぜんうまくないし、泣くとこいっこもないのになんか泣いてしまう

というものがあった。

「うそでしょ？」

と鈴音はいった。二度目にもみた。

春のにおい。

気がついたら樋口凜は落涙《らくるい》していて、「ほんとヘタクソ」とつぶやいていた。

解説　事実の先の本当のこと

長嶋有

鏡は割れても、細かく割れた一つ一つ、どれも鏡であることをやめない。覗き込めば、そのどれにも自分が映る。

事実だが、本当だろうか。

大きくひび割れた破片のいくつかに映る自分の像は即座に視認できても、粉々に割れた粒みたいに小さなたくさんの「そこ」にも、自分は本当に映っているのだろうか。

これは事実を「疑っている」のとは別で、我々のあずかり知らぬこの世の——割れば割った分だけ膨大に生じうる——細部についてそのすべてに思いを馳せきることが、人にはできない。

本作『しき』を読むと「そこ」の前に立たされるような気がする。あり得ないほど拡大された世界で「あ、映ってる映ってる」と気軽に思う。大掛かりでなく、読めば簡単に連れていかれるのだ。

男子高校生三人、女子高校生三人（その他数名）の、およそ一年間の友情や青春、思春期の悩みが四季を通じて繊細につづられる。本作を（本書内の言い方でいう）「ありてい」に「紋切」で紹介すると、そういうことになる。それは事実だが本当か。「紋切をいったなあ」というか、とても精度の低い紹介だ。

主人公たち男子三名はクラスの仲間と離れた場所で昼飯を食べ、もっぱら三人だけでつるんでいる。従来の「学園もの」「青春もの」のフィクションにおいては、その設定の人物らは「あぶれ者」を指す（彼らと少し離れたところで昼食をとる三人の女子もだ）。

今日《こんにち》の学校社会の若者は「リア充・非モテ」「陰キャ・陽キャ」、アメリカのドラマなら「ジョック・ナード」といったワードで区分されるようになった。70年代の「ガリ勉」、80年代の「ネクラ・ネアカ」、90年代の「オタッキー」などといった、割と雑な見立てで語られた時代に比べれば、「スクールカースト」という言葉で俯瞰されるようになった現代は、学校社会のヒエラルキーの見通しはかなりクリアになっている（ヒエラルキーという語だって、80年代には少しも定着していなかった）。

だが、かつての「ガリ勉、ネクラ」と今の「陰キャ、非モテ」は大差がない、どちらも「あぶれ者」だ。それらは学校社会に普遍的に生じる（ものだと思われている）。

本作で描かれる「かれら彼女ら」の画期的なのは、彼らには陰キャ、非モテという、外圧で定められたポジションに甘んじている意識がないということだ。ただただクラスから離れたくて離れている。迫害や蔑視はここに描かれていないだけかもしれないが、彼らに卑屈さや強がりはないし、みじめでもない。全員が健全さと朗らかさを保持して、悩み、行動する。彼らが卑屈でないことについて説得力があるし、読者には「かっこよく」さえみえるはずだ。

「かれら彼女らは、ティーンエイジャーらしからぬ色恋への低温において」共通しており「高校生の磁場に属した」会話に馴染めない存在と語られる。彼らがスクールカーストの上位下位に無関係に孤立しているのだということは要所で語られる。彼らがクラスメイトと馴染まないことから、読者が勝手にスクールカーストを見て取って、矮小な話に見積もってしまうことを避けようと腐心してある。

「高校という社会よりはまだまだ家庭に根差した思考に比重のかかっている」特徴があり「そういう特徴」は「特徴として描出されないだけで」「めずらしいものではな

い」と念押しする。ここで「描出されない」とは「どこに」されないのかというと、我々が「紋切」に抱く青春の一般的イメージの中で、ということだ。作者はここで、完全に新しく、生々しい今の若者を描こうとしていることが分かる。

もう一つ。今の若者は「空気を読む」（という「語」のある世界に生きている）。人との距離感を保ち、スマートに「処世」をしてみせる。創作内においてもだ。かつて少女漫画の主人公は「学園の人気者」になるか、人気者の男子に声をかけられることに無邪気に焦がれたが、今の少女漫画誌をめくると「悪目立ち」することに怯え「浮いてしまう」ことを避けており、人気者に声をかけられてもビクビクする、そんな主人公がいくらも描かれている。

本作における彼らも距離感を大事にし、仲間同士でもズケズケ踏み込んでいかないのは、いかにも今様だ。だけれど、その距離感をどのように大事にするかということが、とても微細に描かれる。なんというか、解像度が異様に高い。

公園でダンスを踊っていた主人公に「動画投稿をめざそう」と草野が誘われる場面。言われた草野は「相手のきもちを考える」。

唐突な誘いを「相手のきもちを考慮できないかれのマイペース」とし「好もしく」

受け止める。なぜ好もしいのか。そうではない人々の「相手の真意を推理する運動」に疲弊している少年は、彼のマイペースを「ノイズのなさ」「他意のなさ」それは「無神経さなのだけど」とまで批評したうえで、その「ひろやかな特質に好意的になじみつつ」ある。そこまで思考してやっと、こう答える。「いいよ」と。相手の気持ちを考えるといいながら、鏡に映った自分というものを精緻に点検しているようだ。

反抗期で母親に暴言を吐く弟に心を痛めている（という把握はまさに紋切だが）主人公が「久々に弟の部屋に入る」（このとき「からだまるごと」入るのは久々だ、と、その入り方まで精確を期して描写している）。部屋が汚いというありていな観察の先に、「青年ふうのけがれ」がないと、さらに感じ入る。

そういう風に精彩に十代の心を描いたフィクションを、他に知らない。誰も大騒ぎしないのが不思議だ。すごいことを簡単そうにやってるので、すごさが見過ごされてしまっているんじゃないか。結果、人が「空気を読む」ということが「保身」ではない、「優しさ」でなされる美しい瞬間を、我々はまざまざとみることになる。

作中の、ダンスを練習する主人公よろしく、タブレット端末を手に取り、指を二本、広げるように動かせばスムーズに画像が拡大される。そのことを人は「みやすくて便利だな」とだけ思う。指と絵の自然な連動。そんな簡単さは昔はなかったのだが、誰もイノベーションだとかすごいなどと、大仰には受け止めない。

野口英世は、事実を先に知っていた。事実は本当だろうかと、未知の細菌を視認したくて、粉々の鏡の粒をいちいち確認するみたいな愚直さで顕微鏡を覗き続けた。でも、みえなかった。どころか、彼がみたかったものにやられて死んでしまった。後の時代にやっと、電子顕微鏡やなにかの大掛かりなイノベーションがあって、（人類に重大な）細菌が認識できるようになった。

町屋良平はタブレットに指二本をあて、ぐっと広げるような手つきで、簡単に世界の解像度をあげて、割れば割るだけ生じる世界の細部をどこまでもみせてくれる。簡単に読めるから大勢が気付かないが、それはものすごい、小説のイノベーションだ。

本書は二〇一八年に小社より刊行された単行本を文庫化したものです。

しき

二〇二〇年一〇月一〇日　初版印刷
二〇二〇年一〇月二〇日　初版発行

著　者　町屋《まちや》良平《りょうへい》
発行者　小野寺優
発行所　株式会社河出書房新社
〒一五一－〇〇五一
東京都渋谷区千駄ヶ谷二－三二－二
電話〇三－三四〇四－八六一一（編集）
〇三－三四〇四－一二〇一（営業）
http://www.kawade.co.jp/

ロゴ・表紙デザイン　粟津潔
本文フォーマット　佐々木暁
本文組版　KAWADE DTP WORKS
印刷・製本　中央精版印刷株式会社

Printed in Japan　ISBN978-4-309-41773-8

青が破れる

町屋良平

41664-9

その冬、おれの身近で三人の大切なひとが死んだ——究極のボクシング小説にして、第五十三回文藝賞受賞のデビュー作。尾崎世界観氏との対談、マキヒロチ氏によるマンガ「青が破れる」を併録。

学校の青空

角田光代

41590-1

いじめ、うわさ、夏休みのお泊まり旅行…お決まりの日常から逃れるために、それぞれの少女たちが試みた、ささやかな反乱。生きることになれていない不器用なまでの切実さを直木賞作家が描く傑作青春小説集

ブラザー・サン　シスター・ムーン

恩田陸

41150-7

本と映画と音楽……それさえあれば幸せだった奇蹟のような時間。「大学」という特別な空間を初めて著者が描いた、青春小説決定版！　単行本未収録・本編のスピンオフ「糾える縄のごとく」＆特別対談収録。

野ブタ。をプロデュース

白岩玄

40927-6

舞台は教室。プロデューサーは俺。イジメられっ子は、人気者になれるのか?!　テレビドラマでも話題になった、あの学校青春小説を文庫化。六十八万部の大ベストセラーの第四十一回文藝賞受賞作。

歌え！多摩川高校合唱部

本田有明

41693-9

「先輩が作詞した課題曲を歌いたい」と願う弱小の合唱部に元気だけが取り柄の新入生が入ってきた——。ＮＨＫ全国学校音楽コンクールで初の全国大会の出場を果たした県立高校合唱部の奇跡の青春感動物語。

ヒーロー！

白岩玄

41688-5

「大仏マン・ショーでいじめをなくせ!!」学校の平和を守るため、大仏のマスクをかぶったヒーロー好き男子とひねくれ演劇部女子が立ち上がる。正義とは何かを問う痛快学園小説。村田沙耶香さん絶賛！

著訳者名の後の数字はISBNコードです。頭に「978-4-309」を付け、お近くの書店にてご注文下さい。